深空死局

王晋康 罗隆翔 等 著

DEEP SPACE IMPASSE

北京理工大学出版社
BEIJING INSTITUTE OF TECHNOLOGY PRESS

科幻硬阅读
——献给那些聪明的头脑和有趣的灵魂

当小鲜肉、流量明星、鸡汤文和小清新大行其道,当坚硬强悍磊落豪雄变成小众,当拼爹、晒富、割韭菜成为常态,当群氓乱舞中理性精神和至性深情被某些人弃如敝屣——我愿反其道而行,向极小极小的一小部分喜欢阅读和思考的读者,推出一套比较烧脑,但能让神经更粗壮大条的作品——"科幻硬阅读"系列图书。

科幻不是目的,思考才是根本。有趣的灵魂诗意栖居大地。理性使其无惑,感性助其丰盈,个性使其独特,青春致其张扬,而爱的疼痛与快乐,则为灵魂刻下一抹深沉隽永……

所以这套书里除了"烧脑"科幻,兼或还会有其他一些提神醒脑类作品,希望它们能给读者朋友带来一丝极致的阅读体验——极致的思考或震撼、极致的美丽与忧愁、极致的愉悦和放松……不求完美,但求在某方面达到极致——极致,便是"硬阅读"的注脚。

但这种"硬"绝不应该是艰深晦涩，故作深沉！

好看的作品通常都是柔软而流动的，如水、亦似爱人或者时光，默默陪伴，于悄无声息间渗透血脉、融入心魂，让我们在一条注定是一去不返的人生路上，逐渐、逐渐，获得一分坚强和硬度！

愿所有可爱而有趣的灵魂，脚踩大地，仰望星辰，追逐梦想。

—— 小威

独立思考，个性书写，充分表达，
拥有独属于自己的风格和调性。

目 录

001 | 格拉朗日坟场
　　　　1250 颗氢弹飞向太阳 / 王晋康

055 | 龙喉海洋
　　　　液氨海洋中的奇异文明 / 罗隆翔

089 | 我讲我爷爷的故事
　　　　宇宙拓荒者 / 阿缺

127 | 无法企及之地
　　　　人类传说 / 方润章

175 | 无月之声
　　　　放过人类 / 方润章

199 | 冥王星上的雪
　　　　生命的另一种姿势 / 焦策

217 | 苏醒之时
　　　　"月亮"的阴谋 / 五月羽毛

251 | 映在纱帘上的光芒
　　　　希望的彼岸 / 异议

277 | 深空死局
　　　　人莫予毒 / 异议

拉格朗日坟场

1250颗氢弹飞向太阳

文／王晋康

上

　　快艇已经开了半个小时，夜色浓重，岸上的灯火渐渐隐没。前边，黑黝黝的海面上突然出现了几点灯光，灯光逐渐变大，直到变成灯火通明的魔境，五彩缤纷的霓虹灯疯狂地闪烁着。

　　正在驾驶快艇的鲁克看见船舱里的人都已经出来，站在甲板上，迫不及待地看着这一片梦幻之地。这是"星球动物园号"空天飞机乘员组的全体成员，是鲁克的玩命伙伴。老狍狍拉里，巴基斯坦人，65岁，身材瘦长，脸上皱纹密布，像一只风干的核桃，按说他已经该退休了。鬣狗班克斯，西班牙加西里亚人，这个饕餮之徒的牙床特别发达，在一次航行事故中，他用牙齿咬断了一根缆绳，排除了故障。小个子布莱克，肯尼亚吉库尤族人，时常哼着节奏跳荡的黑人民歌。还有他自己，老虎鲁克。近十几年航天事业急剧衰落，他的"星球动物园号"已是私人空天飞机中硕果仅存的一艘了。

那片魔境实际上是露出水面的几座半截孤楼,星星点点散布在广阔的海面上。它们脚下是繁荣的澳门,但50年来,在人类对"狼来了"的警告逐渐麻木时,狼真的来了。温室效应来势凶猛,南极38亿立方公里的冰冠全部融化,海平面上升60米,濒海的几百座国际都市成了龙宫。人们被迫迁往高原地带,但贫瘠的高原是不会一夜之间变成沃土的。全球性洪水又引发了地震大爆发,几年之间毁灭了几十座繁华都市,在地图上,一向安全的地区,也标上了狰狞的地震标识线。

地球发疯了,人类的疯狂导致了地球母亲的疯狂。后悔不及的人类尽力挣扎,也只能刹住文明之车使其逐渐下滑而不致突然翻车。

好在人类的本性是随遇而安的。这些劫后幸存的半截楼群很快变成了销魂之窟,夜空中,性感的霓虹女郎挑逗地频送秋波,不厌其烦地脱着衣服。大门口是几十位真实的性感女郎,穿着极暴露的比基尼泳装,搔首弄姿地迎候客人。鲁克对急不可耐的船员们说:"冲锋吧,老规矩,今晚的开销我包了。""星球动物园号"已经老化了,所以每次航行,船员们都是笑嘻嘻地和死亡亲吻,送死前的这一晚放纵也成了惯例。

鲁克说:"这一次的业务很可观,利润十分丰厚。我想跑完这一趟,一定把空天飞机好好检修一番,以后就不必冒险了。"

班克斯和布莱克已经开始在女郎群中寻找自己的相好,打着飞吻,怪声喊叫着。船泊好后,拉里问鲁克:"你要同妹妹见面?"

"嗯。她一会儿到这儿。"

拉里摇摇头："你不该让她到这种地方。"

鲁克苦笑："是她坚持的。"

拉里看看他，不好再说。他知道鲁克对这个乖戾骄纵的妹妹是百依百顺的。班克斯回过头嬉笑着说："你的妹妹太迷人了！如果把她嫁给我，我保证不再碰世界上任何一个女人！"

鲁克的目光刷地阴沉下来，从牙缝里骂道："滚。"

拉里抢在班克斯的怒气还未滋生前，赶忙把他拉过去故意打岔。好在班克斯的注意力很快被一位臀部凸出的越南姑娘吸引住，没有酿成冲突。班克斯和布莱克跳上岸，拥着相熟的女人，嬉笑着上楼了。老拉里早已没了这种兴致，他要了几杯朗姆酒，坐在酒吧的角落里安静地喝着。他看见鲁克系好快艇，最后一个上楼，到豪华的中央大厅里去了。

同样穿着比基尼三点式的女侍们穿着旱冰鞋在各个桌子间穿行。看见鲁克，她们笑着点头。有一位黑人姑娘滑过他身边时低声窃笑道："亲爱的老虎，你好。阿慧在盼你呢。"

鲁克坐到他的老位子上。一个身材娇小的侍女很快过来为他摆上五粮液——在世界各地混了这么久，他始终没学会喝那些口味怪异的饮料，仍然钟情于家乡的烈性酒。这个侍女身材娇小玲珑，带着南国女子的柔媚性感，她含情脉脉地问候："你好，老虎鲁克。"鲁克大笑着把她一下子拉到怀里，狂热地吻着她的樱唇和乳沟。阿慧佯作推拒："别这样，老板要生气的。"

但她很快就顺从了，开始热烈地回吻。在中央大厅里这是失礼的举止，邻座的一位绅士鄙夷地对身边的女伴说："知道吗，那个宽肩膀、络腮胡子的中国人是一艘空天飞机的老板兼船长。记得20世纪70年代，人类的航天之梦刚实现时，那时的宇航员是何等的俊杰！他们都是人类的精英，一言一行都是人类的楷模。现在你看这些渣滓……"

他的声音不大，但鲁克还是听见了。鲁克回头横他一眼，懒得理他，仍和阿慧旁若无人地拥抱、抚摸。阿慧仰起头喃喃地说："老虎，你说过再跑几趟运输就和我结婚的，什么时候才兑现呢。"

鲁克敷衍着："快了，快了。"他从来没有打算让这个吧女成为鲁寓的女主人，他不想让任何一个女人为他套上笼头，除了……他不知道怀里的阿慧有几分是真情，几分是逢场作戏。据他的感觉，这个女人看来是真的爱上他了，这使他有几分歉疚，也打定主意尽早离开她。

鲁克是夜总会的大主顾，没人敢干涉他，所以两人一直腻在一块儿。忽然鲁克觉得气氛异常，大厅里反常的安静。他抬起头，一个衣裙飘飘的仙子出现在门口，她穿着白丝裙，开领很低，露出光滑的后背，胸口半隐半现。人们显然被她的美色震住了。她站在门口傲然扫视着大厅，也像有意作一个刹那的亮相，随即她看见了哥哥和他怀里的女人，目光阴沉下来。

鲁克没料到妹妹这次来得这么早，很尴尬，他近乎粗暴地从怀里推开阿慧。阿慧把伤心藏起来，看了鲁克一眼，便垂下眉眼，默默地滑走了。鲁克起身为妹妹拉开椅子，扶她坐下。

一时间似乎无话可说。他知道不该让妹妹来这个肮脏的地方，他也常常在心里责怪妹妹的打扮太出格，不像一个大学生。但他知道，骄横任性的妹妹不会听他的劝说。他叹口气，亲切地说："最近可好？上个月六日是爸爸的忌日，你去扫墓了吗？"

"去了。"

"还是和姚云其住在一块儿吗？"

鲁冰鄙夷地说："不要提那个可怜虫。"

鲁克暗叹一声。姚云其是一个性格软弱的青年，鲁克从未喜欢过他。但姚云其对鲁冰的爱倒是十分真诚、十分狂热的。只要鲁冰一句话，他可以毫不犹豫地把心剜出来。鲁冰同他同居两年多了，一向把他当成一个可以呼来喝去的奴隶，这使鲁克对他的鄙夷中加着怜悯。他换了一个话题："钱够花吗？今年生意不好，不过我马上就要接到一笔大生意。"

鲁冰烦倦地说："勉强够吧。"

鲁克暗自摇头。以他的财力，每月拿出十万元供妹妹花销已是力不从心了，但妹妹从没有满足的时候。这些年来，鲁克一直咬牙紧缩开支，不愿缩减妹妹的花销。他不能辜负父母临终的嘱托，也想以此来弥补自己的愧悔。

鲁冰斜靠在座位上，目光烦倦地打量着大厅里各色人物。她的鼻梁挺秀，睫毛很长，裸露的颈项和脊背十分润泽。鲁克看着她，目光无意中滑到了妹妹的胸前。他浑身一震，赶忙把目光挪走。这个动作当然没有逃脱鲁冰锐利的眼睛。她早就发现，在哥哥对自己的亲情中，偶然会冒出一些超出兄妹之情的东西，她因此十分厌恶和鄙夷这个粗野的汉子。自从父母横死后，她患了失忆症，那个凶日之前的事一点儿都回忆不起来了，那一切都坠入一个幽深恐怖的地狱。但她仍能回忆起父母的温情，能模糊感受到那种与生俱来的亲近。可是，为什么独独对于鲁克，她很少有这种朦胧的温馨？为什么在下意识中总把他与一种模糊的恐怖感觉相连？

夜深人静，她常常强迫自己回忆过去，可是，每当回忆到父母死亡时。她的意识便恐惧地尖叫着四散逃走，使她坠入一片黑暗。回忆的结果常常使她内心充满戾气和绝望的愤怒。

她的回忆之河是从母亲去世那天接续上的。她清楚地记得瞎了一只眼的母亲喘息着，拉着她的手放到鲁克手里：“孩子，冰儿托付给你了，你们兄妹好好地活下去，让我和你爸爸能够瞑目。"

20岁的鲁克红着眼睛答应了。平心而论，他在此后的16年中确实履行了他的承诺。但鲁冰不知道为什么，始终把那次托付和一段模模糊糊的恐怖回忆联系在一起。妈妈为什么瞎了眼？哥哥为什么对此讳莫如深？她敢断定，在这道记忆的断层后一定藏着许多可怕的往事。

这会儿，她被浮上来的片断回忆压得喘不过气来，感到那股戾气又慢慢漫过她的胸膛。她微笑着，故意向鲁克俯下身，使那道乳沟更加清晰：“哥哥，我漂亮吗？"

鲁克惶惑地看看她，目光十分痛苦，他移走目光，站起身勉强笑道：“我去小解。"

鲁冰看着他僵硬的背影，残忍地笑了。她能感到那个可憎的男人在努力压制自己的卑鄙欲念。

"当然漂亮！你太漂亮了！"身后有一个男人接过话头，鲁冰恶狠狠地横他一眼。这是个白人青年，大约35岁，金发，嘴角挂着微笑。他虽然穿着随便——T恤、牛仔裤、拷花皮鞋，但显然都是名家制作，手上带着几只沉甸甸的戒指。总的说来，这是个相当英俊的男人，鲁冰在最后一刻把怒容换成了微笑："谢谢你的夸奖。"

"你确实漂亮！秋水般的双瞳、秀挺的鼻子、性感湿润的嘴唇，还有丰满硬挺的胸部、凸起的臀部……你的身上，把东方的典雅和西方的性感不可思议地糅合在一块儿，实在美极了！告诉你，对于女人的美貌而言，我是一个世界级的鉴赏家。我很遗憾，《花花公子》杂志的封面裸照中竟然漏掉了你！"

鲁冰仍微笑着："很高兴听到你的赞扬。"

那人笑着伸出手："自我介绍一下，亨利·盖茨，美国人，预先说明一点，我与70年前那位世界首富比尔·盖茨先生没有什么瓜葛，虽然我也是一个很成功的商人。请问小姐芳名？"

"鲁冰，上海艺术学院的学生。上海沉入海底后，学校便迁往黄山了。"

他彬彬有礼地接过鲁冰的小手，在唇边吻一下："那么，我是否有幸同小姐跳一场呢？"

鲁冰笑着点头答应。等鲁克回来，看见妹妹正同那个白人青年在探戈舞曲中兴致飞扬地跳舞，青年在她耳边说着什么，鲁冰时而侧耳倾听，时而仰面大笑。

鲁克阴沉地注视着。他本能地讨厌这个家伙，也可能是他太漂亮——多少带点脂粉气的漂亮，鲁克认为这种花花公子是最靠不住的，也可能他自己经常游走于死亡线上，对这种养尊处优者有本能的仇恨。

也可能……是一种嫉妒心理？这是鲁克从来不愿承认的，他难以摆脱深藏在心底的负罪感。

清晨，筋疲力尽的船员们陆续回到船上。他们发现老虎鲁克懒散地靠着锚桩坐在甲板上，嘴里叼着一根早已熄灭的烟卷，凝视着地平线上的启明星。班克斯大惊小怪地喊："老虎船长，你怎么回来得这么早！阿慧把你蹬到床下了吗？"

鲁克昨晚没有去找阿慧，他想那个痴情的女人这会儿可能在哭泣，或者在咬牙切齿地骂他。他同班克斯笑骂几句。老拉里也步履蹒跚地回船了。拉里问："冰儿呢？"

"昨晚我把她送回去了。咱们起航吧，必须赶上火奴鲁鲁的班机，今天要和那帮家伙把生意敲定，平托律师已经出发，到那儿和我们汇合。老拉里，这笔生意必定很赚，干完你也该退休了。"

透过落地长窗，能看到火奴鲁鲁国际航天中心发射场停着的鲁斯式空天飞机。那个老人从窗边转过身，把窗帘拉上。他身材颀长，白发，蓝眼睛，穿银灰色毛衣、老人牌皮鞋，笑容十分慈祥。

"鲁克，好样的，"他亲昵地评论着，"一般来说，技术的发展没有奇迹，任何一点微小的技术进步都必然要经过一步步艰苦的努力，是渐变而不是突变。但这种空天飞机简直是一种科幻性的成就。它是20世纪90年代乌克兰宇宙科研推广设计总局尼古拉·拉祖姆内的杰作。近地载重量1 000万吨，使用混合金属燃料，几乎能以任何速度飞行，甚至悬停在空中，这就使极为困难的飞船再入大气层过程变成了小孩子的游戏。2027年西安航天公司制成第一艘样机。你们的"星球动物园号"是世界上第八艘，也是目前仍在服役的唯一的一艘。如果……人类文明自此不能复苏，那么你的飞船将成为航天技术的顶峰，千百年后，人类愚昧化了的后代将把它作为圣物顶礼膜拜。"

鲁克笑道："弗罗斯特先生，你对航天技术十分内行，我想你一定是一个航天专家。在这之前，看到你们的神秘举止，我还以为你们是国际恐怖分子呢。"

他的话中别有含义，但老人一笑置之。"那么，鲁克先生，今天我们是否可以按下指印呢？"

鲁克踌躇片刻，说："弗罗斯特先生，你们的价码不低，1 000吨货物，4亿美元的运输费用，预付5 000万。但是，你们有一个严苛的条件。"

弗罗斯特微笑着说："保密，严格保密。为此我们多支付了百分之十的钱款。"

鲁克冷笑道："不够，那点钱不够。先生，我们心照不宣，我们知道你是代表哪个国家，因为你的身上有太多的山姆大叔的做派。你们就像当年的日不落帝国，虽然已经衰落了，但在心理上仍然顽固地保留着王族徽章。这次，你们要求我们保密，要自己装货,要加铅封……如此等等。我想,你们的集装箱里总不会是自由女神像、美国独立宣言、人权宪章这类东西吧。"他讥讽道,"但我是一个唯利是图的商人,我不管那些东西是印第安人的尸骨还是玛雅人酋长墓里的财宝。我只要求一个合理的价钱,能够补偿我为此承担的额外风险。谁知道呢,也可能我会为此陷入一场马拉松官司,或被某个组织追杀。"

老家伙沉吟着,和他的助手罗杰斯先生交换着目光,最后弗罗斯特笑道:"好吧,你给个价,只要在我的权限范围之内。"

鲁克略为沉吟后说:"五亿五千万,预付8000万。"

弗罗斯特皱着眉头说:"五亿五千万我可以答应,但预付金还是5千万吧,离飞船起航只剩下一个星期了,我坦率告诉你,在这样短的时间内,我无法通过秘密走账筹到那额外的3000万现款。这一点务必请你谅解。你知道,即使在我们政府内,我们也不能过于公开地行事。"

鲁克勉强答应:"那好吧,我相信,一位有教养的绅士不会在付讫全部费用这上面让我为难。"

弗罗斯特轻松地笑道:"那是自然。我想我们可以在合约上签字了吧。"

鲁克爽快地答应:"好,晚上吧,我们带上各自的律师。"

他们彬彬有礼地互道晚安。鲁克走后,罗杰斯先生恼怒地骂道:"哼,五亿五千万,这个该死的家伙!"

弗罗斯特从窗户里看着鲁克坐上自己的汽车,回过头冷淡地说:"他拿不到的,他仍然只能拿走5000万。那五亿元我们将献给上帝。这个暴发户,他连在餐桌上怎样使用刀叉还没有学会呢,和我们斗心眼,他还嫩了点。"

"姚云其,什么是拉格朗日坟墓?"鲁冰一边对着镜子检查着自己的妆容,一边问道。

"拉格朗日坟场?什么拉格朗日坟场?"姚云其茫然地问。他刚陪鲁冰去美容院做完妆回来。这套公寓是鲁克为妹妹购置的,房子相当宽敞,屋里乱七八糟摆满了各种昂贵的家具和饰物。姚云其住在附近的学生公寓,有时候也留宿在这里,全看当晚鲁小姐心情如何。

鲁冰不耐烦地说:"知道了我还问你?反正是在外太空,鲁克要往那儿运货。"

姚云其恍然道:"噢,我知道了。那个地方应该叫作拉格朗日点。一位天文学家拉格朗日发现的,距地球和月亮各38万公里,与地球和月亮成等边三角形的两处空间,由于受到地球和月亮引力的双重约束,此处的天体处于稳态平衡,它们只会绕着这个点做震荡而不会飞离。天文学家发现,这儿聚集了一些太空微粒,在阳光下显得比别处明亮。太阳系中还有更典型的例子,像太阳和木星系统中就有阿基里斯卫星和普特洛克勒斯卫星处于这种稳态平衡。"

"飞船向那儿运什么?"

姚云其奇怪地问:"你一点都不了解吗?你父亲就是靠这种运输业发家的。自21世纪初,人类就把地球上难以处理的核废料送到那儿作永久保存,因为在那儿不怕它飞走。当然,它们对过往飞船有一定的危险，因此也有人称它为拉格朗日坟场。能直接投入太阳熔炉是最保险的，但那样费用太高，航行也太危险。不过，温室效应造成文明衰退后，这个行业也几乎衰亡了，人类只顾为口腹苦斗，已经顾不上什么环境保护了。"

姚云其提到父亲，使鲁冰的心脏被重重捶击了一下，她不愿陷入恐怖的回忆，立即扯开话题："核废料不是埋在海底吗？"

"不，海葬太不安全，早已放弃了。核废料的衰退期太长，有的元素在1亿年内还存在放射性，在这种情况下，任何永久性埋藏法都不可靠。美国曾在内华达州的尤卡山地下300米的凝灰岩地层里建立了核废料永久存留地，将核废料密封在玻璃内，再用不锈钢容器保护。前后花费了600亿美元，历时30年。不少科学家曾认为这是万无一失的办法。现在呢，南极冰冠融化后，地球上物质重量的重新分布造成了许多新的地震带，其中有一条正好穿过尤卡山！山姆大叔正在为此焦虑呢。他们已经没有财力新建堆放场了，美国的航天业也已衰退，没有力量将废料运往拉格朗日坟场。"

鲁冰对这些知识已经没有兴趣了。她打着哈欠脱去衣服，换上真丝睡衣。姚云其在她身后心神摇荡地看着那层薄纱后的胴体，他想紧紧搂住她。忽然鲁冰问道："危险吗？"

"什么危险？"姚云其稍愣之后才悟到她的话意。"噢，你是指哥哥的这次运输。不会有什么危险吧，这是一种例行的运输。"他犹豫着，委婉地说，"冰儿，我知道你心里还是很爱哥哥的。你不要对他那么冷淡寡情，好吗？他对你那么好，确实是一个难得的好兄长。"

鲁冰立时毫无来由地翻了脸,恶狠狠地说:"你想教训我吗?姚先生,请你不要忘记,你是我拿钱养着的鼻涕虫!对,我是很关心他,他若把性命送到拉格朗日坟场,谁给我钱花呢……不说了,你走吧,我要睡觉了!"她冷冰冰地下了逐客令。

姚云其尴尬地笑着,他早就预料到,自己的劝告会惹翻这个骄横乖戾的公主。他多少次想一怒而去,但终究下不了狠心。他太喜欢她了,常常在心里为鲁冰辩解:毕竟她还是在病中,她还没有从失忆症中复苏……姚云其可怜巴巴地说:"那好,我走了。"

看着姚云其可怜的样子,鲁冰多少有一点怜悯,她忽然转怒为笑:"不要走了。今晚陪我出去跳一个通宵,好吗?"

姚云其立即容光焕发,他张罗着为情人穿好晚礼服,正在这时,门铃响了,是怯怯的不连贯的声音。姚云其打开门,门外是一个六七岁的小男孩,样子很伶俐,他仰起头,把一束鲜花高高举在头顶:"是鲁冰小姐吗?一位先生让我向你献上一束鲜花。"

鲁冰好奇地问:"是谁让你来的?"

小孩奶声奶气地说:"我不知道他的名字,小姐。"

自那次跳舞之后,那位叫盖茨的美国人就开始狂热地追求,他声言要走遍天下去追求鲁冰,所以她断定一定是那个家伙:"是不是高个子,金发,长得很漂亮?"

"对的,小姐。"

鲁冰扭头看看暗自生气的姚云其,笑容更甜蜜了:"小鬼头,他给你多少钱?"

"10元,是世界共同货币。"

"好,我给你20元。小东西,你的记性好不好,能不能记住我的话?"

"放心吧,小姐,我的记性好极了。"

"好,那你就告诉他,不要以为他的小白脸能迷住鲁小姐,再告诉她,鲁小姐不爱花,爱钱,很多很多的钱,把他的臭钱尽管往这儿送吧!你记住了吗?"

"记住了!"

"复述一遍!"

小孩口齿伶俐地复述一遍,拿上钱一溜烟地跑了。鲁冰咯咯地大笑着,扔掉花束,拉着姚云其坐上自己的雪佛莱。

凌晨五点,姚云其扶着疲惫不堪的鲁冰回到寓所,他让她靠在肩头,腾出一只手掏出钥匙,但门竟然是虚掩的,推开门,姚云其忽然愣住了!鲁冰感受到他的诧异,睡眼惺忪地抬起头,立时她也睁大双眼。

屋里盛开着"鲜花"——金钱之花,是用各种纸币折成的,有人民币、美元、英镑、世界共同货币、日元、新加坡元、马克、克朗、卢布……有花篮、花束,琳琅满目,住室内辉映着富贵之光。

鲁冰微张着嘴,出神地望着这一切。这个神秘的讨人喜欢的盖茨！即使他是亿万富翁，他又是用什么办法在一夜之间提出这么多种类繁杂的现金，还要找人一张张折成纸花？

姚云其黯然看着鲁冰迷醉的眼神，他知道自己该退场了。他走过去，轻轻吻一下鲁冰的额头，苦笑着说："冰儿，我想我该走了。"

鲁冰热烈地回吻一下，但没有一句挽留之词。她想了想，随手抽出两束花递给姚云其："拿着吧，算我的临别留念。"

姚云其凄然一笑，没有去接花束，默默地走了。但是刚下楼没走几步忽然又急急地返回，他推门进来，没有抬眼看鲁冰，只是默默捡起那两束花，他想了想，又抽出一束，然后抱着三束金钱之花默然转身下楼。

鲁冰半是鄙夷半是怜悯地看着他走出房门，然后便在金钱花丛中心醉神迷地徜徉，心头空空地没有任何思维。电话铃响了，是盖茨带有男性磁力的声音："我的小鸟，礼物怎么样？你看它既是金钱，又是漂亮的花束。这下你无可挑剔了吧。"

鲁冰笑着，很久才回答："你没有因此变成穷光蛋吧。"

盖茨大笑道："谢谢你的关心。我告诉你两点：第一，我有钱，很有几个臭钱；第二，为了我心爱的女人，我乐意把钱花光。"

"这会儿你在哪儿？"

"向楼下看，一辆黑色奔驰旁边，一位罗密欧正望眼欲穿地等着朱丽叶的信号呢。喏，我刚看见那个中国青年走过去，还抱着几束花。"

鲁冰微笑着说:"你赢了,可以进来了。"

天光甫亮,姚云其目光直直地在路上疾步行走,行人惊奇地看着他,他们发现他手里的纸花是用钞票折成的——货真价实的英镑、人民币和马克,还都是大面额的。

姚云其没有注意行人的目光,他的心里沉重如铁,有耻辱、痛苦,还有一种模模糊糊的担忧。他向警察打听到狄士龙侦探事务所的地址,坚决地敲响房门。这是上海有名的私家侦探所,刚搬迁到这儿不久。一个穿睡衣的中年人打开房门后笑了:"来送花?时间太早点吧。噢,不是普通的花,是金钱之花。请进,性急的送花人。"

他领着姚云其避开地上堆放的杂物,走进客厅,问:"喝点什么?"

姚云其摇摇头:"不要张罗了,说正事吧。"他叙述了昨晚的经过:"我并不是嫉妒这个人,但我总觉得,这个神通广大、行事怪异的年轻人令人不放心。我委托你调查一下。这是我提供的费用,我只有这些了,不知道够不够。"

狄士龙老练地打量一下:"一般说来,只要三分之一就够了。当然还要看调查工作的难易程度。你可以预付一些,其他的事成后结算。"

姚云其不耐烦地摆摆手:"都是你的了,请你即刻就开始吧。"

澳大利亚的海滨,海水十分澄澈。海平面升高后,悉尼歌剧院的贝壳型建筑已经半没在水中,很多珊瑚礁岛屿连同上面的建筑都已淹没在几十米的水下,透过澄碧的海水看下去,光怪陆离,宛若龙宫。

那些洁净细软的天然海滩也被淹没了,现在狄士龙脚下是昂贵的人造沙滩,离他不远,有一对恋人正在凉伞下嬉闹。自从臭氧层减薄后,日光浴就成了极其危险又昂贵的爱好,所以游客不多。不时传来鲁冰清脆的笑声,她常常突然起身,伏到盖茨身上狂热地吻一阵。

他跟踪盖茨已经七天了,没有发现什么异常。他的表现是一个热恋中的情人。狄士龙通过各种途径了解了盖茨的情况。亨利·盖茨,36岁,持美国护照,委内瑞拉BKW公司董事长,那是一个中等规模的公司,成立时间不长,但经营上比较成功,经营被淹没地区的企业搬迁和重新开发业务,商业信誉良好。这些天,盖茨似乎忙于谈情说爱,很少同公司联系。但狄士龙发现,盖茨每天下午七点都要准时出去通一次电话,地点每天变化,但一定是公用电话亭。他从不用室内电话、汽车移动电话或手机。狄士龙试图发现他的通话号码,但盖茨每次通话完毕都要小心地清除自动电话中的号码存储。这种过分的谨慎,表明他恐怕不是在同外祖母寒暄天气。

已经六点十分了,离盖茨平时通话的时间还有50分钟。但那对情侣还在旁若无人地长吻,没有离开的意思。这使狄士龙有了一个主意。他没有犹豫,立即开始行动。

"冰儿,我的小鸽子,我的小天鹅,你真的太美了。"盖茨从头到脚,吻着鲁冰身上每一个部位,"答应我,同我结婚吧。"

鲁冰摩挲着他的金发,笑着说:"再等等,如果半个月后,你还没有让我生厌,或者我还没有让你生厌,我就答应你。"

"你哥哥不会反对吧,我总觉得他讨厌我,请你教教我如何去讨好他。"盖茨笑着说。

鲁冰皱起眉头,冷冷地说:"不要管他,他干涉不了我。"

盖茨扬起眉毛:"你讨厌他?我看这位哥哥倒是蛮疼你的,对你百依百顺。噢,对了,听说他的空天飞机马上就要有一趟远行,是吗?"

"大概吧。"

"你是否乘过他的飞船?"

"没有。我曾对哥哥要求过,但他唯独在这件事上没有依从我,他说太危险。"

盖茨忽然问道:"你是否愿意作一次太空旅行呢?"

鲁冰扬起眉毛笑道:"你不是开玩笑吧。据我所知,航天旅游业只是昙花一现,早就衰亡了。"

盖茨得意地笑起来:"还是我告诉你的两点:第一,我有几个臭钱;第二,我愿意为我心爱的女人把钱花光。还有一点,这个世界上,只要有钱,就没有办不到的事。这件事就由我来安排吧。我们要突然出现在你哥哥的轨道上,让他大吃一惊。走,我现在就去打电话,安排这件事。"

他拉着鲁冰回到汽车上,发动了引擎。鲁冰抽出车内电话问:"打哪儿?我为你拨号。"

盖茨摇摇头:"不用这个,它有一点毛病,我们找个电话亭吧。"

汽车开过海滩附近的几个电话亭，不巧这会儿都有人。他们在一间电话亭旁等了几分钟，里边好像是一个流浪汉，口齿不清地一个劲儿啰唆，看来决心要说到圣诞节。盖茨看看表，6点 55 分，他把汽车倒出来，重新寻找，终于找到一个空着的电话亭。盖茨在里边打电话时，狄士龙正微笑着坐在自己的汽车里监听。他手头只有一个窃听器，不过，往海滩附近其他电话亭里塞几个人是很容易的事。他总共只花了 150 元，找了 5 个流浪汉，关照他们至少在电话亭里待到 7 点 10 分。这样就不露痕迹地把猎物赶到唯一的陷阱里了。

盖茨的电话是打给母亲的："妈妈，告诉你一个好消息，我抓到了那只最漂亮的小鸽子。我想五天后在天上举行婚礼，请你为我安排一下。谢谢。"

狄士龙从电话内容里没有听出什么异常。他拿出一张方格纸，把录音重放了一遍。拨音信号响时，他熟练地按信号长短画出几排长短不等的横线，这些横线代表一个电话号码：84886255。这是委内瑞拉的号码。

狄士龙随即拨通了瑞士的一个电话，先自报了姓名。

"你好，我是狄士龙。"

对方是国际刑警组织的一名高级警官，他简短地说："你好，有什么需要我效劳的吗？"

"我想请你查一个委内瑞拉的电话号码。"

对方记下了号码，爽快地答应："好，我想最多明天就可以告诉你有关背景资料。"

"十分感谢,先生。"

"不用客气,我欠你的人情。"

盖茨钻进奔驰,正要踩油门时忽然顿住。鲁冰问:"怎么啦?"

盖茨略为沉思后笑问:"刚才经过的几个电话亭内都是老式的投币电话吧?"

"大概吧,连咱们用的也不是磁卡电话。"

"可是那个流浪汉打电话肯定超过 5 分钟了,我没发现他投过一次币。"

鲁冰奇怪地问:"那又怎么啦?"

盖茨笑嘻嘻地摇摇手指:"不,我想大概有哪个家伙在同我们开玩笑,我们去看看。"

他驾车返回刚才的电话亭,见几个流浪汉正围在一辆汽车旁边,一个中年人正从车窗里向他们分发钞票。等流浪汉们离开以后,盖茨冷笑着记下了那辆车的号码。

中

飞船升空前一天,晚上六点,平托律师如约来到鲁克的寓所。他是巴西人,年近 70 岁,身体健壮,粗硬的胡子已经花白了,穿一件格子呢西服。鲁冰父亲手下的公司老人,如今只剩下他和拉里了。来到客厅,首先闻到一股酒气。拉里和鲁克正在对饮,地下扔着一只酒瓶,是中国著名的五粮液。他皱着眉头,和拉里打个招呼:"你好,老猢狲。"

老拉里醉醺醺地说:"你好,老河马。"

鲁克醉眼迷蒙地起身同平托拥抱,平托温和地责备拉里道:"老家伙,你不该让他喝这么多,明天就要升空了。"

拉里的眼睛倒是十分清醒,他说:"没办法,是鲁克逼我的,他心情不好。"

平托目光锐利地盯着鲁克,问:"孩子,你有心事?"

鲁克避开他的目光,喑哑地问:"5 000万元汇到了吗?"

"汇到了。鲁克,这笔生意真不错,利润十分可观。"

鲁克声音低沉地说:"这正是我担心的,这几天我一直心神不定。倒不全是因为他们的保密条件。你知道,要求货物保密的货主过去也有不少。但唯独这次总是有一种不安的感觉,可能就是因为条件太优惠了吧。平托大叔,你相信预感吗?"

平托笑道:"我只相信一半。预感到好运时,我就去相信它;预感到噩运时,我就坚决摒弃它。鲁克,不要胡思乱想。哪怕货舱里装的是撒旦,等把它运到荒僻的拉格朗日坟场,它也不能兴风作浪。"

鲁克咧着嘴笑道:"谢谢大叔的吉言。平托先生,你安排一下,我明天想留一个遗嘱。万一'星球动物园号'回不来,我想把遗产分割一下。老猢狲大叔,不要做出这么一副苦脸,我只是想吓一吓死神,那是我们形影不离的好朋友。我们经常角斗,可他从未占过我的便宜。"平托从他玩世不恭的嬉笑中听出几丝怆然,他和拉里交换着眼神,皱着眉头说:"好,明天我安排这件事,但首先你不要喝酒了。老猢狲,你这个老糊涂,你只会由着他的性子胡闹。下回再看见你这样,我就把你的头朝下泡到酒缸里。"

在火奴鲁鲁国际航天中心,鲁斯式空天飞机正在作升空准备。这种空天飞机与以往的航天飞机和老式的空天飞机都不同,它是水平放置垂直升空的,所以机场内没有高耸入云的起飞塔。十几个工作人员和机器人正在解除空天飞机的防风缆绳。除此之外,航天中心内平静如昔。

送行的平托感慨地说:"今天是2041年4月12日,正是第一个宇航员加加林上天80周年,是第一艘航天飞机哥伦比亚号上天60周年。想一想那时候,每一次升空都是牵动全世界目光的大事,单是地面控制人员就数以百计。喏,你看,"他指指寂寥的控制室,那儿只有七八个人在工作,"我不知道这该算技术的进步,还是社会的倒退。"

鲁克笑道:"我可付不起几百人的工资。再说,即使发生什么事故,说到底还得靠我们在天上去苦干。你放心吧,这几个人都是在空天飞机上长大的,这匹马的脾性早就摸熟了。"

平托深深看他一眼:"孩子,航天业的衰退已经是无可逃避了,在衰亡过程中孤军奋斗是格外艰难的,听我的话,这次飞行结束后就急流勇退吧。"

鲁克笑道:"行,听你的话。鲁冰呢,还没有消息?"

平托摇摇头:"没有,七天前她同一个叫盖茨的美国人一块儿走了,听说是去澳大利亚旅游。这个孩子……"他不满地咕哝着。

鲁克勉强为她辩解:"不要指责她,平托大叔。都怪那次事故,她至今还是一个病人嘛。"他沉吟一会儿,说:"万一这次我回不来,请你好好照料她。告诉她,我会在拉格朗日坟场盯着她,叫她不要让我失望。"没等平托答话,他就呵呵笑道:"呸,干吗在这会儿说这些丧气话,再见,平托大叔。"

他同平托握手后大踏步走出控制室的边门。平托转过头盯着控制室的屏幕。不久,穿着宇航服的鲁克出现在指挥舱里。飞船的主电脑开始了例行的自检程序:

"燃料系统自检完毕。"

"安全系统自检完毕。"

……

鲁克忽然插话道:"小兔子,你再用肉眼检查一下盖革计数。"不久布莱克回答:"检查完毕,放射性指数正常。"

鲁克对着屏幕向控制室打一个响指:"OK,起飞吧。"

随着倒计数声数到一,大地忽然震抖一下,鲁斯式空天飞机几百个垂直喷管喷出蓝白色的火焰,它平稳地缓缓升高,消失在云层中。从屏幕上看到它的垂直喷管自动收回,随之尾喷管开始点火,空天飞机改变了方向,疾速向外太空飞去。

十个小时后，"星球动物园号"已经离地球35万公里。这会儿它是在地球的阴影里，天幕漆黑，星星不再眨眼，安静地镶嵌在天幕上。月亮仍如平素一样大小，只是更加明亮。地球则显得黑黝黝的，只在边缘有一个淡蓝色的环形带，十分明亮而迷人。

从屏幕上已经能看到拉格朗日坟场，那是一个不规则的巨大的立方体。飞船关闭了动力系统，这会儿正靠惯性在继续爬高。等爬升到离地月各38万公里的目的地时就可以"下锚"了。鲁克喊道："伙计们，飞行很顺利，我马上就要进行手动姿态调整了，班克斯，你再检查一遍投料机构。"

就在这时传来地面控制室主任詹姆斯的呼叫："'星球动物园号'船长鲁克，我们收听到一艘来历不明的小型航天飞机的呼救信号。它的升空是秘密的，事前没有通知全球航天管理中心。这会儿它正好在拉格朗日点附近，离你们的直线距离7万公里。你愿意同他们联系吗？"

鲁克迅速在屏幕上找到了那艘小飞船，它正在废料山侧后方游荡。鲁克恼怒地低声咒骂道："可恶，我还得先扮演一个太空救生员的角色，我会为这次重新点火白白损失10万元，没有人会向我付一分钱。可恶！"他又骂了一声，不情愿地喊："喂，告诉我他们的通话频率！"

他调整了频率，立刻听到一个女人急切的声音："鲁克哥哥，是我，我和亨利·盖茨！"

鲁克十分震惊："是小冰？你怎么会到航天飞机上？"

大概是觉得理屈，鲁冰没有了往日盛气凌人的语气，她软声道："哥哥，怪你从来不让我坐飞船嘛。盖茨为我弄了一艘，陪我上天玩玩儿，谁知道它会出故障呀！"

盖茨在话筒中喊道："鲁克船长，怪我太莽撞，冰儿一定要过过太空瘾，我就千方百计弄来这一艘破玩意儿，现在动力系统已经完全失效了，请你快来救我们！"

鲁克冷漠地说："好，我现在就去。告诉我你们的具体方位和速度。"他对这些参数计算后说："两个小时内赶到。飞船上电力系统怎么样？"

"电力系统正常，生命保障系统能正常运转，几个小时内不会有问题。我们盼着你们。"

"星球动物园号"点燃了姿态调整发动机，飞船艰难地绕了一个弧形，全速向那个方位飞去。飞行途中，鲁克为了消除妹妹的恐惧，一直同她通着话。他问盖茨："你的飞船上一共有几个人？"

"就我们两个人。"

"你会驾驶飞船？"

盖茨笑道："二十年前，航天旅游业正兴旺时，我那时16岁，接受过航天驾驶速成训练。这种私人旅游飞船是傻瓜型的，很好驾驶。不过，一旦出故障我就傻眼了。"

鲁克讽刺地说："你很勇敢嘛，新时代的唐·吉诃德。"

盖茨笑道："过奖，要知道，爱情能使一个懦夫变成勇士。"

话筒里传来鲁冰咯咯的笑声,接下来是响亮的亲吻声。鲁克皱着眉头关了送话器。

狄士龙接到那位警官朋友的电话后,一刻也没有耽误,立即拨通姚云其的电话,姚云其急切地问:"狄先生,有收获吗?"

狄士龙把话筒夹在肩头,到冰箱里拿了几片面包、一盘香肠和一罐啤酒,他边吃边说:"有。现在我给你念一念我刚得到的情报。"他努力吞下面包,喝口啤酒润润嗓子,把电话记录念完。最后他总结道:"这个金发男人是一个危险人物,他从属于一个极端秘密的被称作'末日审判'的组织,这个组织神通广大,残忍成性。对于他们,警方了解得还远远不够。所以,我劝你立即抽身退出来,我也不会再继续调查了。你的预付款我只用了一千英镑,其余的我将从银行退给你。"

电话中沉默了很久才问道:"那鲁冰会有危险吗?"

"不知道。从目前的迹象看,盖茨似乎是对鲁冰一见钟情,他可能真的爱上她了。如果是这样,鲁冰暂时还不会有危险。"他听见敲门声,"喂,稍等一下,有人敲门。"

他走过去,侧身站在门边问:"是谁?"

没有回音。他警惕地通过猫眼向外窥视,猫眼中看到一个黑色的圆环,等他意识到这是一个枪口时已经晚了。一声轻微的枪响,子弹通过猫眼钻进他的右眼,接着门被撞开,一个小个子拎着无声手枪闯进来,对着地上的狄士龙又补了一枪,子弹准确地钻进眉心。

无绳电话被摔在地上,话筒中姚云其焦急地喊:"狄士龙先生，你怎么啦？你摔倒了吗？"小个子恶意地笑着，对着话筒又开了两枪。话筒被打得四散飞迸，通话声断了。

狄士龙仰面倒在地上，一只眼睛血肉模糊，另一只眼睛还在大睁着，小个子确信他死亡后从容地离开了。

现在"星球动物园号"已同那艘"飞蛾号"并肩飘荡，就像一只巨雕在带着幼雏飞行。鲁克小心地向它靠近，直到两船距离保持在100米。然后，他让拉里代替他驾驶，他带着一根太空飘浮的保险绳来到减压舱门前。班克斯嬉笑着说："让我去吧，我很想扮一个英雄救美的角色。"

鲁克简短地说："我去，让他们做好准备。"

几分钟后，鲁克已站在打开的减压舱外门门口。他看见"飞蛾号"的减压舱门也已打开，两个人也已穿戴整齐，盖茨抱着鲁冰站在门口等着。两艘飞船都未配置动力飞行器，只有来一个太空跳远了。他向那边招招手，盖茨猛地把鲁冰推开，鲁冰依靠惯性飘飘荡荡地飞过来，从她背后抽出一条保险带，就像一只吊丝的蜘蛛。鲁克也猛地双脚一蹬，迎着她飘飞过去，很快，他把妹妹揽到怀里。透过头盔，看见妹妹十分亢奋紧张，但并不胆怯，她在头盔里热烈地说着什么。洁白的太空服严实地包着她，使她显得娇小而纯真。鲁克似乎在头盔里看到了16年前的小妹妹，心头泛起一阵苦涩的甜蜜。

鲁克解开她的保险带，朝盖茨扬扬手，盖茨也扬扬手，把带子抽回去。鲁克带着妹妹拉着自己的保险绳返回飞船。他把妹妹留在减压舱内，然后又过去把盖茨接过来。

尽管穿着臃肿的太空服，鲁冰还是兴高采烈地投入盖茨的怀里。鲁克哼了一声，关上减压舱外门。舱内慢慢充上气，然后内门缓缓打开了。鲁冰跳进去急不可耐地取下头盔："哥哥，谢谢你，这次太空旅行太精彩、太刺激了！"

她兴高采烈地吻了吻哥哥，又旁若无人地和盖茨热吻。盖茨很绅士地微笑着，面色平静，一点也看不出刚从死亡中逃生。这使鲁克不由得对他滋生了好感。他想，一个敢为爱情到太空冒险的人，算得上一个真正的男人。

鲁冰欢笑着和众人打招呼："你好，老猞猁大叔，你好，班克斯先生，你好，布莱克先生！"

她在每人的额头印上一记。小兔子布莱克张着嘴傻笑着，班克斯目不转睛地盯着她，大声赞叹着："我的上帝！你太美了，真正的女神！"

鲁克飘过来："你们到生活舱休息一会儿，我们马上要卸货了。"

盖茨走向前问了一句："我的'飞蛾号'怎么办？"

鲁克微嘲道："就让它在那儿飘荡吧，有地球和月亮的引力锁定，它会很安分地在那儿待到世界末日，那将是你留给子孙后代最牢靠的遗产。"

班克斯和布莱克都笑起来，盖茨耸耸肩，钻进生活舱。

飞船再次调整姿态，靠上核废料堆。它的大小像一座山峰，外形呈不规则的立方体，无数废料桶通过长长的铁臂膀勾连在一起，形成颇为壮观的立方网格。这样，寒冷的外太空可以通过空隙充分冷却每一个废料桶，使残余裂变的热量不致聚集到危险的程度。不过，透过网格看，在堆积物的中心，由于引力作用，铁臂已被压弯，废料桶已经相互堆叠起来。好在这个废料场实际上已经关闭，重力不会再增加了。

投放废料是一件细致的工作，在自动投料机把废料桶推出飞船后，要人工操纵它们，用类似火车挂钩的装置同上、下、左、右准确地勾连，班克斯已有十几年没干过这个活了。

一切准备都已就绪，班克斯按下投料按钮，没有动静。班克斯急忙报告："船长！投料机构发生故障！该死的，我检查时一切正常呀。"

正在这时，地面控制室又呼唤道："'星球动物园号'，鲁克船长，有一个自称姚云其的先生一定要立即同你们通话，他说有极端紧急的情报通知你们。现在就把他的电话转过去，请注意收听！"

鲁克略为沉吟，他头脑中忽然有不祥的预感。他果决地说："拉里大叔，你想办法把鲁冰一个人喊出来，不要惊动盖茨！"

拉里很快牵着鲁冰出来，他惊慌地说："盖茨不在生活舱！"这时姚云其焦急的呼唤声从38万公里外传过来，鲁冰满脸疑惑地听着："鲁克先生，冰儿，告诉你们一个可怕的消息，盖茨是国际恐怖组织派来的，他要对'星球动物园号'采取某种行动，详情还不清楚，这是侦探狄士龙先生刚刚告诉我的，狄先生随即被凶手杀害。你们千万要小心！"

鲁冰的脸庞刷地变得惨白，惊慌地看着哥哥。鲁克怒声问："盖茨这会儿在哪儿？"

鲁冰惊惧地说："他陪我到生活舱后就出去了，不知道在哪儿。"

班克斯突然怒冲冲地喊道："投料机构一定是他破坏的，我去把他抓起来！"

鲁克阴沉地说："我们一起去，注意，他一定带有武器。"

"不必了，我已经来了。"盖茨笑嘻嘻地从服务舱里钻出来，手里拎着一把威力强大的激光枪，"你们几位给我老老实实待在那儿，你，船长先生，你们三位，还有你，鲁冰小姐。"

几个人在手枪的逼迫下聚集到一块儿，鲁克顺手把一件多用锤子抓到手里，他十分后悔飞船上没有一件武器。鲁冰没有动，她茫然地望着几分钟前还对她俯首帖耳的恋人，老拉里赶紧过去把她拉过来。

"不要害怕，等我把话说完，你们甚至要感谢我。你们看这件盖革计数器，它不是一直正常吗？告诉你，那些人在装载货物时已对它作了手脚，我把它恢复了。你们听，"他把计数器打开，计数器立即发出清晰的吱吱声。盖茨笑道："听到了吗？在货舱里它叫得更欢，就像一只饶舌的百灵鸟。你们知道货舱里装的是什么吗？你们兢兢业业运上天的究竟是什么？是1250颗氢弹，每一颗的当量都在1亿吨以上，它们足以把地球毁灭了。鲁克船长，那位和蔼的美国绅士没告诉你这些情况吧？"

美国华盛顿郊外有一个不起眼的小镇，每年有那么七八次，这里会举行不事声张的聚会。客人一般有七名或九名,都是60岁以上、衣着简单的人,但他们的座车大都是手工特制的麦克拉伦F-1碳纤维高级轿车——时速450公里,1200马力以上的引擎,防弹玻璃,装甲外壳。

具有讽刺意味的是,在这个新闻自由的国家里,没有多少人知道,正是这些沙龙聚会控制着美国的航向。在20世纪70年代,当尼克松总统因水门事件灰溜溜地下台时,世界上不少人在赞叹民主的胜利。但是,真正的原因是鲜为人知的,固执的尼克松在国内政策上让这几个老人厌烦了,于是,在一次元老集会后,水门秘密被不露痕迹地捅出来,于是,全国的民主机器立即狂热地轰鸣起来。狡黠多智的国务卿基辛格比总统早一步看出了门道,他立即和总统拉开了距离。在一次接见外国客人时,他竟然不顾礼仪抢占总统的镜头,使尼克松大为恼恨,也使尚不明真相的记者迷惑不解。

这个组织的成员都是经过复杂的甄选推举程序选出的各集团代表人物。他们代代更替,但总人数不变,每次会议有表决权的代表人数不得少于五人,且必须是单数,在这种政治寡头会议中倒是实行着极严格的民主。

今天的会议主席是68岁的戴维斯·布朗先生,他面色沉重地说:"今天诸位要面临一个很不轻松的议题。因为柯尔和赫伯特先生上次没有与会,我先简单介绍一下。诸位知道在2030年全世界销毁核武器公约生效后,我国还保存着一个不小的秘密核武库。我想我们不必为此苛责我们的前辈。那时世界上有铁幕国家,我们无法对他们实施完全可靠的监督。一旦他们在销毁核武器时打埋伏,就会严重威胁我们的民主制度。但历史发展到现在,情况已有了变化,第一,已经确认,2030年以后除我国外的所有国家,包括那些铁幕国家,都确实销毁了全部核武器。第二,这个星球在温室效应后已经太脆弱了,再使用核弹会把它彻底毁灭,不会有胜者。所以,这些核弹已经成了烫手却毫无价值的山芋。

"这批核弹全部秘密保存在尤卡山核废料堆放场,但是,洪水引发的新地震带正好有一条穿过此地。为了避免在世界上造成一场风波,上次会议决定租用私人飞船把它们运到外太空去,然后让这个秘密在一声轰响中永远消失。"

他苦笑道:"虽然我们派了最精干的人员去谈判和组织这件事,但不幸的是,国际恐怖组织'末日审判'竟然窃到这个秘密。据半小时前收到的消息,他们已经派人登上那艘飞船,当然他们肯定会借机对我国进行讹诈。我们必须立即决定采取哪些应变措施?"

所有的人都面色阴沉。上次没有与会的柯尔先生今年75岁,是代表中年龄最大的,素以精明严厉为人敬畏。他刻薄地说:"我真为这个愚蠢的决定而羞愧。你们兴师动众地把核弹运到外太空去处理,又想保守它的秘密,这不是白日做梦吗?美利坚合众国在长达两个半世纪中一直是地球的核心,多少美国政治家在世界舞台上叱咤风云。谁能想到他们的后代这样低能?"

戴维斯·布朗冷冷地说:"柯尔先生,恐怕没有时间聆听你的责备了。言归正传吧。"

"我们能有多大的回旋余地?我们能做的,第一,在我们捉襟见肘的财政中尽量收拢一笔款以应付恐怖分子的讹诈。第二，命令防御系统全面启动，一旦他们的条件太苛刻——这是很可能的——就拦截这艘飞船，不让它进入能准确投弹的近地空间。那时，同样受到威胁的各国政府就不会隔岸观火了，他们会和我们同心协力地对付恐怖分子。"

乔治·布朗皱着眉头说："那首先会使我们成为众矢之的。"

柯尔阴笑道："那并不一定是坏事。这桩秘密肯定已经包不住了，既然如此，我倒是很高兴衰老的山姆大叔能再当一次世界舞台的主角，哪怕这次是扮演一个反派角色。"

戴维斯·布朗先生对众人扫视一番，说："如果没有不同意见，我们就对此表决吧。"

七个人依次敲响面前的小木槌表示赞同，执行主席说："全体通过，我们可以把这件事通报给那位年轻人了。"

他是指惠特姆总统，他今年34岁，是美国历史上最年轻的总统。

盖茨挥动着激光手枪，笑嘻嘻地继续说下去："还有一项秘密呢，你们的飞船上已经安装了一枚威力很大的爆炸装置，与投料机构连动，一旦投料机构动作，两小时后，也就是返回途中，飞船会在一声爆响中化为绚丽的礼花。是我把投料系统的电源断开了，所以，你们该对我感恩戴德才对。鲁克船长，你要是不相信，我可以领你去看看现场。"

鲁克咬着牙说:"不必,我信,我在娘胎里就知道那帮混蛋是什么东西。"

盖茨笑道:"很好,到现在为止,我想我们已经有了进行合作的坚实基础。鲁克船长,不要卸下这些宝贵的货物,我们返回地球并悬停在美国上空,然后向那些美国佬敲一大笔钱,敲它一百亿。如果他们舍不得,我们就把这些爆竹一颗颗投下去,啪!华盛顿;啪!纽约。他们一定会屈服的。等钱到手,我们的组织会照付你的运费,另外每人再付500万美元,船长加倍,怎么样?"

鲁克看看他的船员,他们都已从最初的震惊中苏醒过来,盖茨提出的优厚条件使他们眼睛发光,有一种跃跃欲试的劲头儿。只有鲁冰似乎没有听懂这些话,她死死地瞪着盖茨,像一只凶恶的母猫。鲁克阴笑道:"似乎盖茨先生也是一个美国佬?"

盖茨一挥手:"正是这个国家教会我,金钱比一切都重要。"

鲁克冷笑道:"盖茨先生既然能狠下心向自己的祖国投氢弹,会对我们讲信用吗?会不会事情干成之后,对我们也啪啪一通呢。"

盖茨看看其他船员,他们的眼中闪着疑虑的光。他忙笑道:"我可以拿我同你妹妹的爱情发誓,鲁克船长,我真的十分喜爱冰儿。拿到这笔钱后,我会让她过上公主般的生活。"

大家都向鲁冰望去,她惨然一笑,慢慢向盖茨移过去,她的目光蒙眬,像是在梦游中。

"盖茨,你真的爱我?"

"当然,但是这会儿你不要过来。"

"你真的爱我,不是利用我,不是拿我当工具?"

"我可以发誓!但你快停住,你再过来我就开枪了!"

鲁冰忽然双脚一蹬舱壁,不顾一切地扑过去。盖茨稍一犹豫,她已经抱住他的胳膊猛咬,盖茨疼得大叫一声,揪住她的头发猛地一拽,把她的脸向后扳去,她的凶恶表情使盖茨暗暗吃惊,他不得不用手枪在她头上敲了一记。鲁冰惨叫一声,脑袋无力地垂到胸前。

在盖茨扬起手枪时,鲁克已经暴怒地冲了过去,一拳把他的手枪打飞。几个船员也同时扑上来,一场混战之后,他们把盖茨紧紧捆起来。鲁克把妹妹抱在怀里,她面色苍白,飘曳的黑发下渗出血迹。她在鲁克的呼唤中悠悠醒来,两颗豆大的泪珠从眼角溢出,悬荡在空中。老拉里匆匆拿来急救箱要为她包扎,但鲁冰凶狠地推开哥哥,从布莱克手中夺过激光手枪,对准了盖茨。盖茨急急地叫道:"冰儿不要冲动!我刚才打你实在是迫不得已!鲁克船长,快拉住令妹,你一定要好好考虑我的建议,那对双方都有利。难道你们愿意把到手的几千万美元扔掉吗?喂,你们几个愿意吗?"

他对看押他的船员们喊道:"你们愿意吗?你们愿意吗?"船员们默不作声,但他们的表情分明已经动心了。鲁克看看大家,默默地拉住鲁冰,劈手夺过手枪,然后沉着脸走向驾驶位置:"准备返航。"

盖茨喜出望外地喊道:"这就对了!亲爱的鲁克,咱们联起手敲敲山姆大叔的肥脑袋！喂，你们可以松手了吧，班克斯，你的手掌就像鬣狗的牙床，把我的胳膊都夹断了！"

几个船员疑惑地望望鲁克，鲁克头也不回地命令："放了他。"

盖茨做梦也想不到局势会突然转变，他很为自己的辩才自矜。他想起了鲁冰，走过去拍拍鲁冰的面颊："冰儿，我的小鸽子，你怎么会突然变成一匹母狼了呢？请你原谅我，我刚才那一下实在是迫不得已。"

鲁冰仇恨地瞪着他，扬手一个脆亮的耳光！

盖茨耸耸肩，离开鲁冰向驾驶舱飘过去，笑嘻嘻地挤在鲁克旁边。飞船重新点火，几个小时过去了，飞船同地球的距离已缩短到十几万公里。这时传来地面的呼唤："'星球动物园号'，鲁克船长，现在美国总统要同你通话，请注意！"

"美国总统？我真的能有这个荣幸？"

"鲁克先生，我是美国总统惠特姆。根据可靠情报，有一名恐怖分子盖茨已经登上了你们的飞船，现在情况如何？"

鲁克平静地说："噢，小事一桩，我们已经及时发现，并把他击毙了。"

短时间的停顿，这不仅是30万公里造成的信号延迟，鲁克能从话筒中感觉到总统的惊喜。

"仁慈的上帝！"总统低声喊道，"这真是个意外的好消息。谢谢你，美国谢谢你。"

鲁克真诚地惊奇着:"你们太客气了,竟然劳驾总统本人向我致谢。我既然拿了你们的钱,自然有义务把这批核废料运到拉格朗日坟场。总统先生,还有什么事吗?如果没有,我就要启动投料装置了。"

盖茨兴高采烈地拍拍鲁克的肩膀,他很佩服鲁克能这么平静地向总统射出恶意之箭。地面上显然有片刻的犹豫,接着总统喊道:"鲁克先生,不要投放!请立即返回。"

"为什么?总统先生,这不是开玩笑吧。"

"不,请立即返回。回来后我们会告诉你返航的原因。请放心,原定的费用我们照付。"

鲁克狞恶地大笑起来:"总统先生,为什么不在这儿说呢?害羞吗?还是让我来说出真相吧。你们让'星球动物园号'运送的核废料实际是1250颗氢弹——足以把30亿人投入地狱之火的氢弹。你们还在投放机构里安置了延迟爆炸的炸弹,准备让几个辛辛苦苦的送货人在回程中送命。你们这些狼心狗肺的畜生!"

他的怒气缓慢却不可抑制地膨胀,就像在地下潜行了300年的岩浆一朝迸发。在他向几十万公里之下的美国总统泼洒着仇恨和愤怒之雨时,他觉得自己受苦受难的先辈在天上默默地看着他。

"你们这些道貌岸然的白人畜生!你们用火枪屠杀印第安人,夺去他们的家园;你们把赤身裸体的男女黑人展示在看台上,像牲口一样拍卖;你们屠杀澳洲土人、南美玛雅人、印度人;你们用肮脏的鸦片榨干人们的血汗。你们干尽了天下最卑鄙的勾当。等你们有了钱,可以洗净血迹戴上白手套时,你们就人模狗样地谈论民主、自由、人权和公理。现在你们还有什么可说的?在全世界都销毁了核武器之后,你们还暗藏着这么多的氢弹,是不是准备在自由女神像前来一场喜庆焰火?"

他嘎嘎地笑起来,然后恶毒地说:"这点小事就让我代劳吧。我们正在返航,我们会把鲁斯式飞船悬停在美利坚上空,到华盛顿,啪,一颗;到纽约,啪,一颗。那将是世界上最绚丽的礼花。哈哈哈!"

柯瑞·瑞德先生半夜被急骤的电话铃声惊醒。他从情人颈下抽出手臂,不情愿地拿起话筒:"柯瑞·瑞德。请问是哪一位?"

电话中是一个年轻人的声音:"瑞德先生,你是《每日镜报》的主编吗?我是从电话号码簿中查到的。"

瑞德的职业本能马上惊醒,他预感到年轻人要提供什么重要消息。他答道:"对,你有什么事吗?"

"我是一个业余无线电爱好者,今天无意中收听到一段奇怪的对话。信号是加密的,但正好我是一个破译密码的小天才。"他得意地笑起来,然后,这个叫作马可尼的年轻人详细叙述了美国总统和"星球动物园号"飞船的通话。"你有什么感想?我已经给《每日电讯报》的主编打过电话,他大概认为我还没有睡醒。你相信吗?"

瑞德的情人抬起头,睡意蒙眬地问:"亲爱的,什么事呀?"

瑞德向她摇摇手,年轻人的话虽然像是天方夜谭,但他的直觉告诉他,正因为它是如此荒诞,反倒很可能是真实的,他按下录音键:"喂,马可尼先生,我相信你,请再说一遍,要尽量详细和准确。"

下

几分钟后,镜报在电讯网络中向几百万订户送去了快讯:"1 000多亿吨当量级的氢弹正在我们头上游弋……科学技术的发展使人类的生存变得如此脆弱,今天又有了一个鲜明的例证:地球的存亡竟然依赖于一个中国人的一念之仁。"

38万公里之外停顿了片刻,才传来惠特姆总统的呼喊:"鲁克先生,不要冲动,千万不要冲动!"他诚恳地说:"鲁克先生,很可惜你的私人飞船上没有设视频装置,使我们不能对面谈心。但我面前有你的全部资料,有你的音容笑貌。我觉得我已经很了解你了。我知道你的话只是一时的愤激之言,我不相信一生耿直仁爱的鲁克会把千万人推入地狱之火中,你会吗,鲁克先生?"

鲁克恶狠狠地说:"我会的!"但他在心底承认,这个狡猾的美国佬准确地击中了他的弱点。

"鲁克先生,我知道对付你的最佳策略,是开诚布公的谈话。也许下面我说的你不会相信,"他苦笑道,"身为美国总统,这一切我是不久前才知道的。不不,我并不是推卸责任,既然坐上这个位子,那么这个国家的一切荣耀和罪恶都和我密不可分,我袒露这一点同时也袒露了一个总统的无能,我只是想以此证明我的诚意。我想还有一件小事能证明这一点：当你说恐怖分子已被击毙时，我并未让你启动投放机构——其实那是一个最好的办法，所有令人脸红的秘密会在一刹那间化为灰烬，世界舆论会顺理成章地把爆炸归罪于恐怖组织。但我阻止了你们，我不想你们送死。我没说错吧。"

鲁克讥讽地说："对，你似乎对另外一种选择也有片刻犹豫。"

他似乎在电波中也能感受到总统的脸红："对，这正是一位顾问的建议，很庆幸我没有采纳。鲁克先生，我们的年龄相差无几，我是美国历史上最年轻的总统。因此，我不想继承先辈的罪恶，希望你也不要继承先辈的仇恨。这两者都不是好的遗产。鲁克朋友，你能听进去我的话吗？"

鲁克在送话器外恶狠狠地骂了一句："这只狡猾的狐狸。"但他不得不承认这个美国佬已经占了上风，这完全是基于那个人的真诚。盖茨着急地低声说："不要听他的鬼话！"

鲁克怒喝道："用不着你插嘴！"

惠特姆说："鲁克先生，让我们冷静下来，心平气和地处理这件事，怎么样？你有什么条件请提出来，我们将尽量满足。"

鲁克犹豫着，看着他的船员。班克斯目光阴沉，小兔子也是满脸的不情愿。他们不愿放弃盖茨许诺的500万美元，这样的机会一生中不会有第二次了，而且，毕竟是那些人先对他们做下卑鄙的事。盖茨迷惑地盯着鲁克，他拿不准这个外表粗野的船长会做出什么决定。鲁冰孤独地缩在角落，当鲁克的目光与她相遇时,她的怨毒使鲁克几乎打一个寒战。老拉里忧郁地看着鲁氏兄妹。飞船离地球仍有二十几万公里,但是,即使用肉眼,也已经可以看清那个蓝色的星球。这会儿地球上大部分地区是晴天,裹着淡薄的云层。透过云眼,可以看到蔚蓝色的海洋。与十几年前相比,海洋已经大大地扩展了,这使地球更加漂亮,宛若一只璀璨的蓝宝石。不过鲁克知道这种漂亮的代价太大了。地球,人类的诺亚方舟,真的会逐渐衰老甚至死亡吗?鲁克收回目光,厉声说:"好,第一个条件,把这桩阴谋的主使人送上法庭。"

惠特姆略为停顿,苦笑道:"很遗憾,鲁克先生,我恐怕没有能力做到这一点。我也不想这样做,美利坚合众国已是千疮百孔了,我不想再毁掉它最后的自尊。但我可以允诺,我将尽我的力量使那几位老人退出政治舞台。我希望能得到鲁克先生的谅解。"

不知为什么,鲁克对这个从未晤面的美国佬已经有了好感,他没有坚持:"第二点,除了运费外,飞船上的所有人加上我的律师平托先生一共七个人,每人付一百万美元作为这次涉身危险的补偿。"

惠特姆似乎没有料到他的要求会这样低,立即应允:"好,我完全答应。"

盖茨在身后气急败坏地喊起来:"鲁克先生,这太便宜他了!"

惠特姆总统听到了飞船上的争吵,他严厉地说:"盖茨先生,你该幡然悔悟了!你不要作历史的罪人!鉴于你没有什么前科，如果你立即回头，我会吁请最高法院宽恕你的罪行。"

鲁克干脆地说："好，我们成交。我现在就返回拉格朗日坟场，卸下这些货物，爆炸装置我们去排除。"

惠特姆沉重地说："一千亿吨当量的氢弹放在离地球这么近的地方不是好办法，它将成为高悬于头顶的达摩克利斯之剑。一旦某个小行星的撞击引爆了它，会给地球带来巨大的灾难。不过，你先卸在那儿吧，只有日后再想办法处理了。谢谢你，我的朋友。"

鲁克关闭了送话器。他的满腔怒火这么轻易地就被那个美国佬平息了，他觉得自己似乎扮演了一个轻信的傻瓜。盖茨慌乱地说："鲁克先生，你这是判了我死刑，我的组织决不会放过我的！"

鲁克冷笑道："你以为你的死活我会关心吗？如果不是怕脏了我的飞船，我会亲手掐死你的！"

盖茨对着他的背影喊道："他们也不会放过你的，还有鲁冰！"

鲁克的神经抖颤一下，但没有理他，他向自己的船员下命令："准备返回拉格朗日点。班克斯，你和盖茨去检查投放机构，排除爆炸装置，你要看紧那个混蛋。"他看看懒洋洋的船员，叹口气道："伙计们，不要太贪心。说到底，我们真能狠心投下炸弹吗？小兔子，你能狠心把氢弹投到千万人头上吗？那儿有白人，也有和你一样的黑人，他们都是无辜的。"

布莱克做了个鬼脸，拍拍班克斯的肩膀："鬣狗班克斯，走吧，100万已经不少了，只要你不把它花在赌场和妓院里——要是那样，500万照样不够。走，干活去。"

老拉里笑哈哈地说："说得对。走吧。"

船员们开始准备返航。盖茨耸耸肩，不得不承认了现实。他倒是能随遇而安的，至于组织的惩罚，毕竟是几十万公里以外的事。他看见角落里的鲁冰，便凑过去："冰儿，不要怪我，我是真心爱你的。没错，我接近你本来是为了接近你的哥哥，但我从看见你的第一眼起，我就真的被你迷住了。我打算拿到那笔钱后就同你结婚。你要相信我。"

鲁冰冷冷地横他一眼，甚至不屑于再骂他。鲁克厉声骂道："给我滚！"他怜惜地看着妹妹，她的表情苦重而迷茫。他知道这些年来，妹妹实际上一直生活在幻梦中，折磨着别人更折磨着自己。"妹妹，你已经长大了，不要胡闹了。你这次的率性胡为几乎毁了爸爸的飞船。听哥哥的话，回头去找姚云其吧，那个男人是真心爱你的。"

这会儿鲁冰一直在沉默地积聚着仇恨和愤怒。她并不关心世界是否会陷入一场核浩劫，她只知道自己失了面子，她心目中的白马王子，那个拜倒在她的美貌下的男人，原来只是把她当作一个工具。鲁克的劝说点燃了一根导火索，她忽然歇斯底里地叫道："鲁克，你有什么资格来管我！我和哪个男人睡觉用得着你操心吗？"她歹毒地冷笑着，她的眼睛像黑暗里的狸猫一样发着绿光。"你为什么偏偏是我的哥哥呢，要不我倒想嫁给你，我发觉你总是像恋人那样深情地看着我。"

鲁克立刻满脸涨红！他苦涩地转过身去。鲁冰看着这个被打败了的雄性,快意地咯咯笑着。

"冰儿,不要胡说八道!"老拉里喊,他又是愤怒又是伤心。鲁冰皱着眉头嘲弄地说:"拉里大叔有什么教诲吗?我知道大叔一向喜欢侄儿,讨厌我这个胡作非为的侄女。"

拉里伤心地盯着她。他看看鲁克正在忙碌的背影,压低声音说:"冰儿,我想有些话也该向你说了。你不是一直想知道父母横死的详情吗?跟我到生活舱去,我告诉你。"

鲁冰身上一震。拉里冷淡地转身走了,鲁冰稍稍犹豫一下,顺从地跟在后边。她的全身血液猛往头上冲,超负荷的心脏吱吱嘎嘎地响着。

"二十年前,航天运输业中有一个私人经营者,他的事业很成功。夫妻两人,一个女儿。自然他们对独生女儿十分宠爱。"拉里苦笑道,"正是这种宠爱害了女儿和他们自己。这个女孩儿从小骄纵任性,性格乖张。一次小公主生病了,却蛮横地拒绝吃药。保姆只好喊来妈妈。妈妈不厌其烦地劝说哀求,女儿一怒之下,夺过勺子挥舞着,不料失手扎进妈妈的左眼中!佣人们赶紧喊来私人医生,又把她送进医院。闯下这场大祸后,那女孩子才知道害怕,全身发抖地缩在角落里。冰儿,这些情况你还记得吗?"

老拉里残忍地拉开了一道帷幕,使鲁冰真切地回想起那个血淋淋的场景。那正是她强迫自己忘掉的,每当回忆到这儿,她的意识便尖叫着四散逃走。她常常在下意识中把罪责推给别人——比如鲁克。这会儿,鲁冰突然抱着头,一声一声地尖叫着。拉里看看她,毫不留情地说下去:"父亲从太空返回后才知道这件事,他狂怒地驾车从航天机场直奔医院。他的激怒导致了一场车祸,在高速公路上,十几辆汽车撞在一起,起火爆炸。等我们赶到时,只看到他烧焦了的尸体。

"那个女孩儿虽然十分冷血,但接二连三的惨祸终于使她崩溃,从此她完全失忆了,她的自卫本能迫使她把这些记忆关到铁门之外。病中的妈妈没有能承受住这些打击,几天后就去世了。

"老鲁船长手下有一个小伙子,忠心耿耿,为人坦诚爽直,船长夫妇很宠爱他。再加上两人同姓,所以我们常戏称他是船长的干儿子。鲁夫人去世前正式认他作义子,把家产留给他和女儿,嘱托他好好照料妹妹。冰儿,这些年你哥哥没有辜负你妈妈的嘱咐,他一直对你关心备至,对你的胡作非为默默忍受,挤出钱财供你大手大脚地花销。他总说你是病人,不愿因某些不愉快的刺激引发你的病。这些苦心你能体会到吗?"

老拉里痛心地继续说下去:"你知道你刚才的话是怎样刺伤你哥哥的吗?告诉你,在鲁克还是飞船指令员的时候,他就爱上你了,但那时身份悬殊,他只能藏在心里。后来,命运又使他成了你哥哥,他只好努力用兄长之情压制住恋情。我们冷眼看着,觉得他真可怜哪,他在两种感情中苦苦挣扎。后来我和平托先生劝他干脆向你说明真情,然后向你求婚。但他怕勾起你对过去的回忆,坚决不允许。可他直到35岁也不结婚,实际上他还是盼着你能痊愈。冰儿,我说的你相信吗?"

鲁冰心中战栗不已，这些话她当然相信，实际上，她的失忆是靠家人的隐瞒和她自己的自我欺骗才勉强维持的，只要有人稍微划破一点窗纸，那可怕的过去就豁然显现了。但她随即回忆起一个梦魇，一个折磨她多年的梦魇。她常常回忆起自己赤身裸体，被鲁克紧紧抱在怀里，他的目光中有关切，也有羞愧和欲火。这些回忆缥缈不定，却顽固地一再出现，使她坚信这不是空穴来风，她甚至怀疑那个男人已经占有了她的身体。所以，这些年来，当她看到那位"兄长"问寒问暖时，她就从心里作呕。今天她下决心要把这事弄清。

"好吧，拉里大叔，你既然向我讲述过去，我倒想知道，我的一个梦魇是否真实。我希望你不要替鲁克隐瞒。"

听完她的叙述，拉里痛心地喊："冰儿，你呀！……你的梦境确实是真的。这些年来，也许是良心上负担过重，你常常犯病，你哭喊心里像烈火在烤，你会扯掉全身的衣服往冰天雪地里跑，常常是鲁克把你拦住，拉回家，给你打上镇静剂。醒来后你会把这些忘得一干二净，你会若无其事地胡闹，而鲁克却咬着牙躲到一边，好多天阴郁不乐。"

他看看失神的鲁冰，又是怜悯，又是嫌恶。他说："这些情况你哥哥严禁任何人向你透露，我想，他对你的疼爱恐怕是害了你。今天我把真相告诉你，你好好想想吧。"

他叹息一声，离开生活舱。

鲁冰撕扯着胸前，那种被地狱之火煎烤的幻境又出现了。她早就知道自己的行为使所有人厌恶，包括拉里、平托甚至鲁克（她心酸地想）。但是，她一直有强劲的心理支撑。是的，她是一直肆意折磨着鲁克，但那仅仅因为鲁克是一个伪君子，他甚至对自己的妹妹也有非分之想，他和父母的死亡有隐隐约约的关系。而她还一直在替他隐瞒着这些丑恶！

可是现在，一切都倒过来了！只有她，鲁冰，才确确实实是一个灾星，是一个祸害全家的罪人！她眼前血光浮动，她的母亲左眼血迹斑斑，他的父亲遍身血污，都在嫌恶地看着她，谴责她……她的神经终于崩溃，她撕心裂肺地尖叫着，跟跟跄跄向生活舱外划过去。

鲁克问班克斯："一切都准备好了吗？"

"好了，"盖茨笑嘻嘻地抢先回答，"是我把爆炸装置排除的，我在登机前专门接受了10天的工兵训练呢。不过，我这是亲手往自己的棺材上又钉了一根钉，我的组织不会饶过我的！"他苦笑着摊开双手。

鲁克没有理他，正要下达投放命令，忽然生活舱内传来连绵不断的尖叫，鲁冰从里面冲出来，她衣襟散乱，胸上满是血痕。鲁克大吃一惊，急忙迎过去："冰儿，这是怎么啦？你这是怎么啦？"

鲁冰咯咯笑道："拉里大叔已告诉我全部真相了，他说你不是我的亲哥哥，他说是我害死了自己的父母。鲁克先生，祝贺你，这十几年你已经修炼成人人景仰的圣人，你的宽厚慈爱正好反衬我的卑劣恶毒。我该怎样忏悔呢？现在，我只有这副躯体还值得一看。尊敬的鲁克先生，你能否赏光收下它呢，你不是暗暗地喜欢过它吗？"她偎在鲁克怀里，从容地解着衣服，继续说："鲁克先生，收下它吧，这是我唯一能做的忏悔呀。"

鲁克脸色阴沉地把她从怀里推开，他瞪着手足无措的老拉里，厉声道："她又犯病了，把她拉到生活舱打一针！"

鲁冰在拉里和小兔子的拉拽下挣扎着，三个人在空中激烈地翻滚。当两人终于把鲁冰拽进生活舱时，鲁冰扭回头咬牙切齿地喊道："鲁克，你记住，我恨你，我一生一世都恨你！"

驾驶舱忽然静下来，众人都怜悯地看着船长。鲁克紧锁双眉，不语不动。他回忆起鲁冰父亲去世前，他就偷偷爱上了13岁的早熟的鲁冰，那是一种爱情和友情奇特的混合。他回忆起鲁冰犯病时的情形，那时他把"妹妹"的裸体抱在怀里，他用了很大的力量才压制住心中的欲念。这常使他有一种负罪感，他觉得，无论他为妹妹作了多少事，都不能补偿万一。现在妹妹咬牙切齿的声音在他耳边回响。他想："这正是我应该得到的惩罚啊。"

拉里等人出来后，都不敢惊扰船长，他们在他的眼睛中看到了一种彻底的幻灭感。盖茨飘过来，同情地拍拍他的肩膀。这个动作使两人又分开一些。鲁克向他点头示意，他觉得这个恐怖分子并不算坏人。他平静地问："实话告诉我，你的飞船真的发生故障了吗？"

盖茨笑着摇头，他看看屏幕，那艘小飞船还在一万公里之外孤零零地飘荡着："不，当然没有，它尽管破旧，但足以完成这次航行。"

鲁克点点头："好。"

"什么'好'？"

鲁克拍拍盖茨的肩膀，恳切地说："朋友，你不该参加恐怖组织，你不是那类人。刚才在生死关头，你没有向鲁冰开枪。盖茨，美国政府的赔偿金有你的一份，带上它，逃避恐怖组织对你的追杀吧。我希望你不要再找我妹妹，你们的性格不合适。你能答应吗？"

盖茨疑惑地点头答应。鲁克向船员们下达命令："调整航向，向'飞蛾号'靠拢。"

班克斯奇怪地问："靠近它干什么？"

鲁克平淡地说："不要问，执行命令吧。"

几个小时后，两艘飞船已经并行。鲁克下令把"星球动物园号"的核废料桶投下去，这个命令很快执行了。鲁克离开驾驶位置，不言不语地穿上太空服，通过减压舱飘飞到太空中，把核废料桶系在"飞蛾号"后边。拉里等人迷惑又担心地注视着他。废料桶系好了，鲁克一言不发地钻进"飞蛾号"，开始锁闭密封门。拉里在通话器中焦灼地喊："鲁克，鲁克，你要干什么？"

没有回音，他一遍一遍地重复喊话，终于话筒上有了窸窣声，鲁克回话了，他的声音有一种超越生死的平静："拉里大叔，那个该死的美国总统说得对，核弹存放在拉格朗日坟墓太危险，它会成为一把达摩克利斯之剑。我把它投到太阳熔炉中去吧。"

"什么？"拉里气急败坏地喊，"你要驾驶飞船投向太阳？孩子，千万不要胡来！"

班克斯也急急地挤近话筒，喊道："船长快回来，你不值得为那个臭女人去死！"

布莱克也带着哭声喊："回来吧，船长！回来吧！"

鲁克爽朗地笑道："不要拉我的后腿，老猢狲大叔，还有你们几个，我没有发疯，我从来没有这样清醒，我想多少为人类干一点事，也算这一生没有白活。再说，世界上有谁能像我死得这样壮观呢。我马上就要启动飞船了，你们把'星球动物园号'开回去，大叔、班克斯、布莱克，还有盖茨，代我照顾好鲁冰，向平托大叔和姚云其问好。"

船员们面面相觑，束手无策，盖茨忽然扭头冲进生活舱，打了镇静针的鲁冰还在床上睡着，身上系着固定带。她的眼角附近，有一颗圆圆的泪珠在轻轻飘动。她的脸庞红润，似一只带露的海棠。但这会儿盖茨没有一点怜香惜玉的心情，他用力拍着她的两颊："醒醒，醒醒！你这个恶毒的女人，你这条毒蛇，你这只澳大利亚毒水母！你哥哥要投入太阳自焚啦！"

鲁冰昏昏沉沉地睁开眼睛，头来回摇晃着，两颊被拍得又红又肿。

"醒醒，醒醒，你这只南美箭蛙、非洲毒蜘蛛，你伤透了你哥哥的心，他已经驾着飞船向太阳飞去啦！"

等到清醒过来的鲁冰冲进指挥舱，"飞蛾号"已经开走了，屏幕上只能看到它的尾喷管和机侧喷管的绚丽火光，几个人在沉痛地呆呆地看着屏幕。

鲁冰扑到送话器前嘶声喊："哥哥，我是冰儿，请你原谅我，你快回来！"

送话器中传来鲁克爽朗的笑声，十分清晰，就像在眼前："冰儿，我没有责怪你，我只是去做一件该做的事。你好好活下去吧，永别了。"

鲁冰双泪长流。只有这时，她才知道鲁克在她心目中是多么宝贵。她悲声道："鲁克，回来吧，你知道我在心里实际是多么爱你吗？我要像一个听话的妹妹那样去爱哥哥，我也想像一个忠诚的女人那样去爱丈夫。鲁克，饶恕我，回来吧。"

小飞船上再没有回答，只能听到轻微的无线电背景噪声。很长时间的静默之后，传来鲁克激情的声音："多么壮丽的太阳啊。"

BBC抢先播发了一则短讯：

"噩梦已经过去。夸父式的英雄曳着1 250颗氢弹向太阳奔去。人类的理想主义将在一场最为壮烈的天火之葬中升华。50亿地球人都目不转睛地为英雄送行。"

"星球动物园号"飞船返回地球。在十个小时的回程中，飞船内气氛十分沉重，大家面色阴沉地干着自己的事情，只有一点，那就是每个人都绝不把目光投向鲁冰。鲁冰终于忍受不住这种目光的真空，她惨然一笑，走向减压舱门，她想跳进寒冷的太空去陪伴鲁克哥哥。众人都冷漠地看着她徒劳地企图打开减压舱门，最后拉里烦倦地说："班克斯、盖茨，把她拉过去，再打一针。"两人表情憎恶地过去制服了鲁冰的反抗，给她打了大剂量的镇静剂，又踢又咬的鲁冰终于安静下来。

休斯敦美国航天中心不间断地向总统报告"飞蛾号"的方位。它后面拖着那些硕大的核弹舱，像一只蚂蚁拖着一只多足蜈蚣。"飞蛾号"就这样从容不迫地向太阳飞去。鲁克也偶然回答地面上的问话，随着距离一天天拉长，通话时的迟滞越来越明显，信号也越来越微弱。两个月之后，也就是飞进水星轨道的前后，信号完全消失。专家们推断，很可能乘员已经在高温下死亡。此后，飞船在太阳重力的作用下，仍然向着太阳飞去。

飞船从此消失在太阳炫目的金黄色背景中。"飞蛾号"投入太阳熔炉的时间只是估算出来的。118天后，天文学家观察到一次日珥爆发。那天夜里他们在仪器中看到朱红色的日珥喷发到百万公里之外，形状变化多端，十分壮观。公众中很多人相信这是一千多颗氢弹投入太阳后引发的。没有一个天文学家发表否定意见，虽然他们知道一千多颗氢弹的能量对于太阳来说是太微不足道了。

全世界的电台、电视台、电脑网络同时播放了哀乐。当这条仅为猜测的消息送到惠特姆总统的办公桌上时，他默默地起立致哀。他的智囊柯文尼告诉他，据盖洛普民意测验，他的声望猛增了11个百分点。

"现在，我们可以对那几个老家伙说'不'了。"惠特姆冷冷地说。

龙喉海洋

液氦海洋中的奇异文明

文 / 罗隆翔

科 幻
硬阅读
DEEP READ
不求完美 追逐极致

◆ 1 ◆

在浩瀚的宇宙中，一颗恒星消失了。

它是被黑洞吞噬的，坠入黑洞时迸发出的 X 射线是它留给这个世界最后的信号。恒星消失时发出的 X 射线是非常强烈的，但大部分都被黑洞的引力吞没，只有少部分能及时逃出黑洞的引力场。逃逸的 X 射线将在宇宙中以光速疾驰上百万年，最后逐渐衰减，湮没在宇宙微波背景辐射中……

这样的事，几乎每天都在无边的宇宙中上演，却极少有人知道，有些恒星是葬身在超级文明人工制造的黑洞中的。

星舰联盟就是这样一个超级文明，数以万计的人造星球构成了这个文明长龙般的骨架，这些人造星球和巨型飞船汇聚成一道星光长河，如同传说中的巨龙游弋在宇宙海洋之中。不过，在它的最外围，一个新修建起来的戴森球体——直径足足有五个光年——将它整个笼罩住。它所散发出来的任何光芒最终都会被戴森球体所吸收。它就像一个沉默的巨型黑洞，任何观察者都无法在外面观察到它的存在。

没人知道星舰联盟吞噬过多少恒星，他们利用掌握的超级科技制造黑洞，吞噬掉一颗又一颗的恒星，然后再把黑洞蒸发掉，以此获得源源不绝的能量。

能量是一种很重要的东西，在科技足够先进的文明手中，有了能量就等于有了一切。在遥远的地球时代，有一个叫作爱因斯坦的人曾经研究出了物质转换为能量的公式，在这条公式的指引下，人们找到了把物质转换为能量的方法，迈进了核能时代。而在爱因斯坦过世数千年后，人们终于掌握了这条公式的逆向法则，知道了怎样把能量转换为物质。

龙喉是一个地名，作为整个星舰联盟最重要的重工业区，负责把能量转换为物质的巨型工厂就位于这一带。几十座行星大小的巨型工厂散布在黑暗的太空中，利用黑洞级别的引力场把以各种电磁波形式存在的能量禁锢在极小的区域中，压缩成弦，缠绕成各种基本粒子，再逐步堆积成电子、质子和中子，然后拼成氢、氧、硫、磷等原子，最后合成各种可以稳定存在的分子，注入物质储存槽中，以备其他工业之需。

那些巨大的储存槽实质上也是各种人造星球，人们利用行星级别的重力场来储存各种物质。珍贵的氧会和氢聚合成水，然后被倾注到人造星球上，形成广袤的冰山储存起来。工厂中制造出来的铁、锌、铜、金等重元素，也同样被做成密度极大的人造星球，装上推进器，跟随整个联盟在宇宙中缓缓移动。

氨的腐蚀性很强，在液氨洋流的冲刷和腐蚀下，即使是钛合金电极，也只能工作几十年就被腐蚀得面目全非。星球表面剧烈的甲烷空气对流和浓厚的氨蒸气云层就像巨大的盖子，密密实实地笼罩着整片天空。

这颗氨-07人造星球连同它所属的07号核聚变工厂是在一千多年前建造的。在那些尘封的历史资料中记载着，在这个巨型工厂刚建造起来时，人们都把它视为科学的奇迹，毕竟碳和氮这两种对生命至关重要的元素在宇宙中是十分稀少的，如今却能通过工厂源源不绝地获取，哪能不让人为之欢呼雀跃？

但后来，随着越来越多更先进的巨型工厂兴建起来，07号核聚变工厂逐渐显得落后，慢慢从公众的视野中消失，直到最近爆出了一个大新闻，才让它重返公众视线——07号工厂的负责人入狱了，连同他一起被带走的还有整个工厂的所有高层管理者，人们这才意识到出大事了！

"你们严重违反了最高科学院的科技禁令！"法庭上，大法官宣布，"根据联盟科技法的规定，在事关联盟命运的超级科技上，最高科学院的禁令有着与法律等同的效用……"

工厂法人代表几乎瘫软在地，他知道违反禁令是多可怕的事，他的下半生毫无疑问只能在监狱中度过。他精神崩溃了，不断重复着同一句话："我只是倾倒了些垃圾，至于处罚得这么严厉吗……"他并不是太胆大妄为的人，如果不是上百名前任在过去的一千多年中，肆意伪造资料掩盖自己随意倾倒垃圾的罪行、侵吞大量垃圾处理费用塞进自己的腰包，他也不敢有样学样地干这种严重违反禁令的事。

他做梦都没想到，事情会在他的任上败露，他甚至没勇气去看公诉席旁那名学者代表。庭审结束之后，旁听席上的记者把学者代表团团围住，打听氨-07事件的严重性，学者很客气地回答说："一切都还在调查中，暂时无可奉告。"

事情一定非常严重，有些记者早已从别的渠道打听到，氨-07人造星球周围拉起了封锁线，前些日子还一直游弋在联盟外围的外太空第九舰队已经接到返航命令，正在赶往氨-07人造星球。

到底那儿发生了什么事，竟让一支这么强大的舰队急匆匆地返航？

一切不得而知。

◆2◆

"哒、哒、哒……"

沉重的脚步声在调查船的金属走廊内回荡，几名科学家在士兵的护卫下匆忙地赶往实验室。这是一艘R-065型飞船，是生物学家们用来研究各种极端环境下的生物所用的调查船，它那特意强化的船身可以抵御强腐蚀性环境的侵害，飞船内部各种专用检测设备一应俱全。这种飞船原本应该出现在外太空的陌生星球上，但现在却是在联盟境内的氨-07人造星球上。

"教授，这就是我们在海面发现的不明生物。"一名研究员对韩丹教授说。教授看着透明液氨罐里的怪物。

它就像一团水母，伞形的脑袋下是长长的触手，七八根触手和脑袋连接的部位中间是椭圆形的嘴巴，锋利的牙齿露在外面，极为瘆人。由于生活在液氨海洋暗无天日的海底，它的身体呈半透明状。它没有眼睛，似乎是靠触手和生物电感知外部环境的。

士兵们持枪瞄准罐子，好像担心怪物随时会破罐而出伤害那些尊贵的科学家。学者们摇摇手，示意士兵们放下枪。作为优秀的生物学家，他们一看这种怪物的身体特征，就知道它只能生活在液氨海底的高压环境中，它们体内90%以上都是液氨，就跟人体内90%都是水一样，飞船内充满空气的环境对这种怪物来说是无法生存的，只要它离开罐子，强挥发性的液氨就会从它体内沸腾蒸发，让它变成一具横死的干尸。

透过这东西半透明的身体，韩丹教授能看到它的大脑，这是一个结构跟人脑迥异、但复杂程度不输人脑的东西。它复杂的神经系统连接着触手，可以看出这怪物触手的灵活程度不亚于人类的手指。

足够复杂的大脑和足以制造工具的灵活肢体，原本就是建立文明的最大资本。但最让人触目惊心的是，这个液氮罐本身并不是人类制造出来的！以星舰联盟的技术水平来看，这罐子显得很粗糙，但简单可靠，并不复杂的生命维持装置和制冷系统嗡嗡作响，让罐子内部维持在可以让氨以液态形式存在的零下数十摄氏度低温中。

氨-07这颗星球原本不该有任何生命存在。在最高科学院建造它之初，就小心地切断了生命诞生的条件。这个世界没有水，不存在闪电，没有能让蛋白质和核酸在自然环境下凑巧被合成出来的条件。就算在液氨海洋的深处凑巧诞生了原始生命体，也起码要经过几十亿年的演变,才有可能诞生高等生命,但如今才短短一千年,氨海深处就出现了高等生命!这无论如何也太不寻常了。

"教授,我们现在该怎么做?"有学者问道。

韩丹不作声,坐到电脑前熟练地按下几个按钮,液氨罐中伸出了几只机械臂,把电极贴在怪物头上。顿时,流水般的数据出现在屏幕上。

"小丹,你能读得懂这些数据吧?"一名老教授问她。

韩丹戴上头盔式数据交换器,说:"凡是智慧生物,大脑活动都有规律可循,破译它们的思维密码并不困难,我先跟它打个招呼。"

韩丹纤细的手指在键盘上跳动,实验室内的各种仪器指示灯有规律地闪烁。她很快就破译了对方的大脑运行方式,通过生物电影响对方大脑,制造出一个虚拟现实的幻境。

"怎么称呼?"韩丹通过仪器搭建起来的脑电波桥梁,开门见山地问那个"水母",连寒暄都省了。

怪物回答说:"我们种族自称沙沙沙沙……我的名字叫沙沙沙沙……"任何翻译器都拿不同生命形态的生物名称没辙,只能采取音译的方式。有些生物由于生存环境过于特殊,甚至不采用声音作为交流手段,涉及人名的词更是找不到对应的人类词汇来翻译,所以在涉及名称的地方只能听到一段无意义的沙沙声。

为了便于交流,韩丹随口给这种生物起了一个名字,叫"氨水母",她问它:"为了便于交流,我想称呼你为'尤里',

可以吗？"这个勇敢的氨水母让她想起了尤里·加加林。

怪物沉默一阵，同意了。

"请问，你的职业是什么？"韩丹问它。

怪物说："我是宇航员，我是第一个离开海底、来到洋面的氨水母，我代表全体氨水母，探索未知的世界。"

事情并没有出乎韩丹的预料，对生活在海底的氨水母来说，海洋表面之于它们的意义，正如在地球时代大气层顶端之于人类的象征意义，当人类的第一名宇航员来到大气层顶端时，就意味着人类奏响了宇宙时代的序曲。

韩丹能感觉到尤里的恭敬和谨慎，毕竟身为第一名宇航员，当它来到一个完全陌生的世界时，却发现早已有大批不明生物严阵以待，就该知道对方的科技水平远在自己之上，这时候，保持绝对的恭敬和谨慎是非常有必要的。

同时，韩丹也感觉到了尤里的戒备心理，面对一个陌生的高等级文明，这种戒备可以理解。韩丹觉得有必要打破这种沉默。

韩丹问尤里："能介绍一下你们的历史和生命形态吗？"这大概是所有话题当中最不敏感的一个，尤里也很清楚，就算自己保持沉默，对方也可以通过投放探测器，甚至绑架氨水母进行解剖的方式，得到想要的知识。尤里无法想象，当数以亿计的探测器降落在自己的故乡、一个又一个同胞神秘失踪时，会引起多可怕的骚乱，所以它只能选择配合。于是，一个巨大的世界向韩丹敞开了……

◆ 3 ◆

　　生命是从海洋中诞生的，不管是地球故乡蔚蓝的水体大海，还是氨-07人造星球的氨水海。韩丹漫步在尤里大脑的记忆中，不由得感叹这真是一只知识渊博的氨水母，它读过很多书，知晓生命诞生的奥秘，在人类的世界里，人们直到20世纪才懂得这类知识。

　　水是生命之源，很多地球人都这么认为，但对氨水母而言，剧毒的液氨才是它们诞生的摇篮。氨跟水的性质很类似，都是极性分子，有非常活泼的化学性质，可以溶解很多种化学物质，在合适的环境下，它也同样有着成为生命之源的潜力。

　　韩丹悬浮在虚拟幻境的海洋中，看着周围各种奇异的水生动物。这些生物走了一条和地球生物完全不同的进化道路，没有任何一种动物演变出类似地球动物的脊索神经，放眼望去，全是类似于海葵、海绵、管虫和水母的低等动物——从人类这种高度复杂的生物的角度来看，哪怕是这片海洋中最高等的氨水母，生理结构也同样属于极为原始的腔肠动物。

　　区区一千年，的确不足以让氨-07人造星球诞生太复杂的高等动物。地球生命从最原始的氨基酸和核酸起步，花了20多亿年才演变出细菌这类最简单的生物，氨-07人造星球能在如此短的时间内诞生出这样的生命，只能说它的进化起点远比地球高得多。

　　当韩丹潜入氨海的最深处时，她彻底震惊了！

　　整个氨海的海床完全被堆积如山的垃圾覆盖，毫无疑问，这是07号核聚变工厂在长达1 000年的时间里丢弃的各种生活垃圾，她甚至能在这些垃圾中找到吃剩的方便食品、报废的家用电器和已被高度腐蚀的老鼠尸体。这些生活垃圾夹带了大量细菌，绝大多数细菌在液氨的强腐蚀环境中都无法生存，但也有极少数的幸运儿例外。只要稍有生物学知识的人都可以推断出，那些垃圾中最幸运的细菌们在这个世界飞快地繁衍，成为这颗星球生命进化的起点，足足比地球缩短了数十亿年。

但从细菌到水母，还是有长达数亿年的进化道路要走，是什么原因让这么漫长的进化道路能在短短的1 000年内完成？韩丹漫步在各种奇特生物游弋的海底，突然发现了一个小盒子。她想把盒子捡起来，手指却穿过了盒子，这才想起眼前这一切只是从尤里的大脑中读出来的幻象。盒子很眼熟，韩丹认出那是装伽马射线源的盒子。伽马射线源是很常见的东西，从飞船结构探测到产品质检，甚至日常生活中的食品检测都有它的身影，任何大工厂都会用到它。这东西在使用一段时间之后，射线强度会逐渐衰减而不得不更换，但残余的辐射会在长达千年的时间里持续散发。因此，联盟明文规定，所有用过的射线源都必须回收，不得随意丢弃。

如果07核聚变工厂也这么守规矩，就不会有氨水母诞生了，那么大的一座行星工厂，每个月用掉的射线盒绝不是一个小数目，所以当韩丹抬起头时，就看见一座废弃的伽马射线盒堆成的大山矗立在眼前。

伽马射线是生物学上常用的强诱变剂，剂量适中的伽马射线会加速生物的进化——准确来说，它会干扰生物的DNA序列，大部分生物会因此死亡，侥幸不死的也会发生严重的变异，幸存下来的变异生物则在大自然的剃刀法则下接受筛选，不能适应环境的只能痛苦地死去，能更好适应环境的就更为茁壮地繁衍。

毫无疑问，氨水母就是在这种强诱变源的作用下，在无数生物的尸体堆中从细菌一步步进化而成的，这种进化速度之快，让韩丹也胆战心惊。

"这是上天赐予我们的神山！"尤里对韩丹说，"在每'甸'的第一天，天上都会按时降落下来各种珍稀的宝物，年复一年，逐渐堆积成了这座神山。"

韩丹细细询问尤里之后才知道"甸"是氨水母的时间单位，推算起来刚好是人类的一个星期。这个计算结果让她气不打一处来，要知道，07号核聚变工厂每星期大扫除一次，每个星期天都按时倾倒垃圾，结果这竟成了氨水母时间计量单位的源头。

氨水母的时间计量单位非常奇特，它们采用八进制，把一"甸"分为八天，每天分为八小时，每小时分为六十四分钟，这大概跟它们长着八根触手有关，正如人类有十根手指，就理所当然地采用十进制计数方式一样。

尤里说："神山是非常重要的资源，它孕育了我们的祖先，现在这些天赐之物是我们最珍贵的物质来源，诸如铁、钛、氧等原料只能从这些物质中获取。神山是我们建立文明最重要的材料，但它能提供的原材料太稀少了，所以在我们的文明诞生之初，我们就一直有一个梦想——我们坚信天空之上一定有着一个取之不尽的巨大矿藏！我们做梦都想飞上天空的顶端，去寻找这些珍贵物质的源头。"

氨水母的"天空顶端"毫无疑问就是液氨海洋的洋面,韩丹问它:"在你们的神话里,有什么跟天空有关的故事吗?"

"神话"这个词对尤里来说似乎很难理解,它问韩丹:"什么是神话?"

这是一个没有神话的种族!韩丹心里咯噔了一下。她摘下头盔式数据交换器,看着越来越多的科考飞船出现在天空,然后缓缓降落在氨海洋的洋面,他们会把这颗星球调查个底朝天。

◆ 4 ◆

第九舰队,一名头发雪白的老人独自坐在舰队司令休息室里,看着窗外蔚蓝的氨-07人造星球。老人的军装挂在墙上,军装上的金色将星极为显眼。他在等待总参谋部的命令,而总参谋部在等待最高科学院的调查报告。

指挥室的门无声无息地打开了,韩丹走进来,给自己倒了一杯热茶。

老人问她:"我的老朋友,事情怎样了?"

韩丹说:"还在调查中,这些氨水母真是进化史上的幸运儿,我还是第一次见到能在原始的腔肠动物状态就进化出智慧的生物。"

与很多人的想象不同,并不是越高等的动物越容易进化成智慧生物。生物只要出现了神经中枢,有足够大的体积负担一颗容量足够的大脑，就有可能进化为智慧生物。氨水母只是勉强符合这些条件，竟然就幸运地诞生出了智慧。

老人抬起头，看着挂在墙壁上的星图。那是迄今为止人们在宇宙中发现的智慧生物的分布图，上面详细标注着各个文明的科技水平等级，绿色代表着"基本上无害"的外星原始文明，红色表示"值得警惕"的已经步入太空时代的文明，绿色区域比红色大万余倍。

韩丹说："那些氨水母的世界不存在神话，这意味着它们在诞生智慧之后，几乎没在蒙昧时代停留，就直接朝着发展科技的道路奔去，这是文明史上极为罕见的特例。"

神话是智慧生物在蒙昧时代，因为对自然界的风霜雨雪等自然现象大感不解，为了解释它们而构想出来的故事。几乎每个经历过原始社会的文明都会有自己的神话，有些神话可以流传千百万年，深深地烙在一个拥有极高科技等级的文明身上。

第九舰队的旗舰是巡天战列舰"炎帝号"，它跟"斯坎迪号"航天母舰、"阿努比斯号"行星登陆舰一起，构成了舰队的打击核心。这种主力舰级别的巨舰体积都非常庞大，舰队成员通常都有数千人之多，除了军人，还有随军的学者和外包给民间的后勤物流系统人员。

"没有神话的智慧生物……那它们还真是罕见的理性，它们一定全都是没有任何浪漫梦想的现实主义者。"老人说着，找了支红笔，想在氨-07人造星球的位置标上"值得警惕"的红色，但他看了星图一眼，又无奈地放下了笔。因为氨-07人造星球位于星舰联盟的疆域范围内，而联盟自己早已经被涂上刺目的猩红。

◆ 5 ◆

就好像韩丹经常到战列舰上找老人聊天一样,老人也经常到科考飞船上看学者们作研究,他通常只是坐在椅子上,一言不发地隔着玻璃墙旁观,极少提出意见。空旷的实验室利用3D造影技术,营造出氨水母的城市地貌,但尤里看不到这些,生活在深海的氨水母没有眼睛,它们依靠静电场感知外部环境,静电场无法到达的地方,对它们来说就是无法视物的黑暗区域。

"咱们能聊聊科学以外的东西吗?比如文学、艺术和音乐?"韩丹问尤里。

尤里沉默了很久,说:"我们的艺术作品当中,大多是些描述天空、讲述生存艰辛的诗歌,其中最为著名的是一首名为《探索苍穹的701名献祭者》的诗歌。"

尤里的八根触手有节奏地摆动着,一阵阵电磁脉冲有规律地从神经索中散发出来,这是氨水母利用生物电进行"交谈"的方式,它在向韩丹诉说那首诗歌。

韩丹的手也没闲着,修长的手指在键盘上跳跃,将尤里的脑电波翻译成人类能看懂的语言:

在并不遥远的过去,有一个人物堪称氨水母中的万虎;

它过着无忧无虑的生活,心里却怀着奔向天空的梦;

一个无风的日子，他召来七百友人，诉说了心里的梦，友人誓死效从；

七百友人舍弃性命，用头颅的皮肉缝成巨大的球囊，以触手的筋络结成吊篮，化为巨大的热气球；

万虎把火炉搬到吊篮上，火焰燃烧释放出的淡红色气体像是舍弃生命的友人眷恋躯体的灵魂，赋予热气球上升的动力；

火焰越来越烫，气球速度渐快，宛如一支失控的利箭，笔直冲上天顶；

万虎肿胀不堪的尸体在数日之后被发现，好像被无形的力量从体内胀破，触手紧紧抱着一块小小的天外之物；

那物体是如此之轻，只要松开手，就逐渐往上浮，显然是不属于这个世界的东西，越来越多的人朝着万虎的飞天之路前进，再大的牺牲也无法阻挡大家的脚步。

韩丹翻译不出氨水母的诗歌韵律，但却从诗中发现一条重要的线索：氨水母可以在液氨海洋的海底点燃火焰，那些红色气体分明就是液氨和某些化学物质反应之后产生的氮化气体！至于诗歌中那片比液氨轻的物体，根本不是重点，那也许只是人们丢弃的木片。

很多人以为，燃烧一定要在氧气中进行，于是断言不存在氧气的环境即使能进化出智慧生物，也无法使用火焰，从而使得文明无法建立。这些人都忘了一件事，火焰实质上只是一种剧烈的化学反应，不一定要在氧气中进行，金属镁可以在二氧化碳中燃烧，金属钠可以在水底烧，能跟液氨发生类似燃烧的剧烈化学反应的物质更是不少，其中不乏某些有机物，而这也成为氨水母文明的火种。

"不要用人类的世界观评价别的生物，氨水母从不把自己的生命当一回事。"韩丹把翻译出来的氨水母诗歌交给研究员时，不忘交代了一句。

"你是怎么看出来的？"研究员问她。

韩丹俯身看着罐子里的尤里，对研究员说："我见过的外星生物比你见过的野猫还多，如果一种生物把牺牲视为无关紧要的事，那它的文化中对死亡就是不存在恐惧感的。"

密闭的罐子里，一些尘埃大小的颗粒悬浮在液氨中，化验结果表明，这是氨水母的孢子。氨水母的生殖方式非常奇特，它的表皮细胞组织中有着类似孢子囊的结构，成熟的孢子会自动脱落，黏附在固体表面上形成新的植株。在地球生物中，这是真菌类的低等生物常见的生殖方式，但在高等生物里却极为罕见。

研究员问她："你怎么知道这种生物的文化中对死亡不存在恐惧感？"

韩丹说："什么样的生命形态就有什么样的文化。如果一种智慧生物没有性别之分，那他们的文化中就不会存在爱情故事；如果一种智慧生物没有视觉器官，他们的诗歌里就不会存在歌颂光明的篇章。我跟你打赌，氨水母的世界是一种'独木成林'式的特殊生物群落，你信不信？"

研究员说："如果真是这样，氨水母的生命形态还真是原始得出奇。"

老人突然插话问韩丹:"这些氨水母,到底是动物还是植物?"

"既不是动物也不是植物。"韩丹说,"这世上的生物,并非只有动物和植物两类。"

这时传来提示音,韩丹按下几个按钮,科学院的大屏幕上出现的是最新的调查结果——科学院投放的探测仪已经绘出详尽的氨水母的世界地图。

科学院的人看着地图,陷入了最新一轮的沉默之中。

◆ 6 ◆

韩丹的预测是正确的,氨水母是一种"独木成林"的生物,每一只氨水母都是从大海深处茂密的菌簇森林中诞生的。菌簇就是氨水母的前身,数不清的菌簇扎根在大洋底下,汲取着各种矿物,茂盛地生长着。地球上的植物依靠阳光作为能源,合成各种有机物,但阳光终究也只是一种电磁辐射,有些生物也能利用可见光之外的电磁波段作为能源,而氨水母利用的则是人类遗弃在氨-07人造星球上的各种辐射源。

当全息投影仪营造出来的虚拟世界笼罩着会议室时,所有的学者都身临其境般地看到了氨水母的海底世界。

一望无际的海床上,排列有序的氨水母菌簇就像农田一样整齐划一。一些发育成熟的菌株顶端,已经可以看到裂开的孢囊中幼小的氨水母个体,菌株的长柄像脐带一样连接在它身上,它那刚刚发育出来的小触手和锋利的口器却已懂得牢牢抓住其他氨水母菌株,狠命地咀嚼和吞食。

菌簇的生命周期很长,按照地球时间计算,一棵菌株从孢子成长到发育成熟,需要20年以上的时间。成熟的菌株能长到三四米高,像长长的海藻,在海水中摇曳,菌株的顶端会逐渐长出细小的触手和口器,捕食氨水海洋中的浮游生物。在它的食物名单中,甚至也包括尚未发育成菌株的氨水母孢子,所以能发育成菌簇的孢子,万中无一。

"这些氨水母幼体竟然吞食自己尚未诞生的同胞。"一名科学家用手支着下巴说。

另一名学者耸耸肩,说:"上帝为它们设计的生物群落太单一了,它们只能自己吃自己。"

韩丹说:"不管怎么说,这也是自然界优胜劣汰的一种形式。"

氨水母的城市非常巨大,各种工厂层层叠叠,成熟的氨水母脱离菌株之后,衰老的表皮细胞就会长出细沙般的孢子,逐渐脱落,随洋流漂走,一个氨水母在它的生命周期中,脱落的孢子数以亿计,但只有极少数的幸运儿能长成菌株、发育成新的氨水母。

韩丹的手指在屏幕上滑动,将画面切换到氨水母的城市。城市很大,工业区、居民区的分布就像蜂巢一样错落有致。她把画面停在居民区,逐渐放大,氨水母的房屋像极了珊瑚礁,层层叠叠,大量年老的氨水母黏附在礁石上,缓慢地舞动着触手。

韩丹说:"氨水母从菌株上脱落之后,寿命通常就只剩下几个星期到三个月不等,在生命的最后两个星期中,年迈的氨水母肢体将发生明显的钙化,身体表面开始出现富含液氨钙化物的黏液,像珊瑚虫一样黏结在一起,等它们死后,钙化的尸体将会变成建筑材料,跟珊瑚虫的生存形态如出一辙。"

一名学者说:"一种智慧生物想要建立足够先进的文明,那它至少要有一定长度的寿命来学习知识、付出劳动、教育下一代。我无法想象一种智慧生物,能在只有短短几个月的生命中,完成知识的传承和建立文明的重任。"

韩丹看着眼前一望无际的菌簇田,说:"你们总是从人类自己的角度看问题,为什么没想到它们真正的大脑就隐藏在这片辽阔的菌簇田下?"

菌簇是有自己的神经纤维的,每一株菌株的神经结构都很简单,就一根神经索,一竿子通到底,这么简单的神经系统原本不可能诞生智慧,但成万上亿的菌株通过根部的神经系统连接在一起,情况就不一样了。尽管那些原始的神经连接方式和超远距离的神经元分布使得神经信号的传输速度远逊人脑,但它们作为一个整体,神经元的总数却远超人类大脑,跟人类相比,谁的大脑更发达还真不好说。

韩丹说:"氨水母是不需要把知识传授给下一代的,这些尚未成熟的菌株才是真正的'它'。在它诞生以来的岁月,所有知识都沉淀在这颗巨大的大脑里,每一棵菌株个体短短的20年寿命对它而言,只不过是单个神经元正常的新老交替过程,无损它的整体结构。作为一个整体而言，它是永生不死的生物，在这个偌大的星球上，就只有它孤身一人，所有游荡在氨海洋中的氨水母成熟体，都只是它的一个智商有限的克隆体。"

突然间地震了……不，准确来说，是头顶上的液氨海水在巨大力量的扰动下发生了震动，继而引起大地的共振，与其说是地震，还不如说是"天震"更恰当。

韩丹抬头仰望，却什么都看不见，毕竟这儿是深达1万多米的海底。数不清的氨水母却像是条件反射般，追逐着震动的来源游动，抢夺着黑暗的苍穹降下来的垃圾作为珍贵的资源。这种震动对氨水母来说就好像月亮对人类而言那样司空见惯，也是驱使它们探索"天空"的秘密的最直接动力，在它们短暂的蒙昧时代的诗歌中，有不少歌颂"天震"的篇章，就好像古时的人类歌颂月亮的诗篇。

"那震动到底是什么？"一名学者抬头问韩丹。

"那是我们的巨型飞船近距离高速从氨-07人造星球附近掠过时引起的震动。大家都知道，我们的飞船经常从它附近经过。"韩丹说。

一名学者按下一个按钮，林林总总的数据如同流水，哗啦啦地显示在大家面前。但这些并不能引起大家太多的关注，毕竟作为生物学家，他们见过太多非常特殊的外星生物，氨水母只是其中并不算太起眼的一种。

它最特殊的地方，仅仅是因为诞生在联盟眼皮底下的一颗人造星球上罢了。

接下来的时间，学者们都在讨论一些很深奥的问题。一直拄着拐杖坐在一边旁听的老人听不懂那些太深奥的知识，他需要的只是结论。

漫长的会议终于结束了，会议室的打印机吐出一份表格，现场十九名学者挨个儿在上面签字，表明态度。韩丹是最后一个签字的，签字笔在她修长的手指间不停地旋着圈，她犹豫了很久，才最终签下自己的名字，把表格回传到科学院总部。

这样的事，以前也不是没做过。回到"炎帝号"航天战列舰之后，韩丹像没事人一样，随手拿起一把剪刀修理休息室的盆栽；在人类眼里，有些外星文明就像盆栽的植物，可以按照自己的意愿随意将其塑造成人类喜欢的样子。

老人问韩丹："你们打算怎样处理它们？"

韩丹说："这世上，每一种智慧生物都是独一无二的财富。不同的生存条件，不同的身体结构，不同的生理特征，不同的文化，不同的思维方式，孕育出各种不相同的文明形态，每一种都是让人深为着迷的宝藏。"

老人叹息说："你还是老样子，不想正面回答我的问题时，就说一些不着边际的大道理。"

韩丹沉默了小半响，才说："我们决定给这些氨水母一颗新的星球，你会不会觉得我们太大方了点儿？"

老人说："我只是军人，真正的军人绝不干政，你们做出怎样的决定，我就执行怎样的命令。"

◆ 7 ◆

三天之后,星舰联盟。

那是一颗相当巨大的人造星球,老人拄着拐杖,眺望着它在漆黑夜空中的明亮反光。人造星球的表面由数以亿计的反光面组成,每一个反光面都是极其复杂的信号捕捉器,连接着下面如同巨树枝丫般茂密的管线和支撑架,这是人造星球"伊司-03"。伊司-03是星舰联盟仅有的四颗伊司型人造星球之一,同时也是为数不多的以北欧汝尼文字命名的特殊人造星球。伊司-03缓缓地朝着氨-07靠近,绕着它旋转,伊司-03巨大的引力把氨-07拖离轨道,它们逐渐变成一对彼此环绕缓缓转动的双星。科学院的科考飞船在设计之初就已经考虑到在这种强引力潮汐下工作的情况,故未受影响。

伊司-03离氨-07越来越近,大量的液氨海水在伊司-03的强大引力吸引下,像高山一样迅速隆起,飞快攀升到拉格朗日点,一颗颗房子大小的水珠因引力平衡悬停在半空,在远方的人造太阳照耀下,巨大的水珠倒映出周围无数飞船扭曲的影子,每一颗水珠都闪耀着无数人造星体组成的璀璨星光。

"将军,这儿海浪大,飞船不太平稳,您还是回到'炎帝号'去吧!"一名士兵对老人说。

老人看着眼前的惊涛骇浪,眼皮都不动一下,说:"你见过恒星表面的氢聚变海洋吗？那些沸水一样翻滚的氢离子海浪、像山谷一样深达数百公里的黑子，还有数十万公里高的日珥一边进行着热核聚变、一边朝你扑来时，那个场面才叫壮观！眼前这些液氨海浪跟它一比，不过是自家后院小池子里的涟漪罢了。"

联盟的宇宙战舰大多能承受数万度的高温，对战舰来说，横穿恒星的气态氢聚变海洋、利用恒星的光芒和强烈辐射作掩护、对敌人发起进攻都是很常见的战术。老人记得自己还是新兵蛋子时，第一次随军舰在恒星表面劈波斩浪地飞行，那种恐惧和刺激相伴随的快感永世难忘。

士兵讷讷地说："我三个月前才刚入伍，还没随战舰到过恒星表面……"区区氨海洋的巨浪就让他膝盖发软了。

老人问他："韩丹跑哪儿去了？"

士兵说："韩教授在实验室跟尤里谈一些问题。"

每一个将军都经历过当小兵的日子，当老人还是一名年轻的新兵时，上级就经常派他执行保护学者的任务，老人很喜欢和学者们待在一起，这总能让他回想起年轻时的岁月。

实验室里，韩丹向尤里说明了情况，她知道尤里的液氨罐中有着跟氨海洋底的巨型大脑传输信号的通信装置，她不是跟尤里一个人在对话，而是通过尤里跟大海深处那个巨大的氨水母大脑对话。

尤里难以置信地问韩丹："你为什么对我们那么好，居然可以为我们提供一颗星球？"它不相信一种智慧生物会毫无缘由地如此厚待另一种智慧生物。

韩丹说："因为你们对人类有价值。"尤里似乎很难理解两种不同的生物在同一个世界中共处是什么样子，毕竟在氨水母的生物圈中，生物种类非常单一。

韩丹说："和你们不同，人类社会从来就不是一个单一物种的社会。在我们的祖先还是原始人时，猫、狗这类动物就已经跟人类一起生活了。在最初的时候，它们只是单纯地在原始人的部落里躲避天敌的攻击，讨些残羹剩肴，但我们的祖先很快就发现了它们的价值，猫可以捕捉老鼠之类让人大为头疼的小东西，狗可以放哨、伴随人们一起狩猎，大大提高整个族群的生存能力。尽管人类发展到今天，科技的进步已经让我们无须猫狗的协助就能很好地生存，但不管时代怎样变迁，我们仍然在社会中为这些共存了数百万年的伙伴留下了一席之地。所以，不管是怎样的智慧生物，只要有跟人类共存的可能，我们就会想办法与之结成盟友，一起生存。"

韩丹没有亲人，作为联盟最优秀的学者之一，联盟并没有亏待她，偌大的一座庄园就位于密涅瓦星舰风景最美的半岛上，只是孤身一人的她极少回到那座属于她的大房子里生活。但不管她离家多久，那几头被她收养的田园犬和它们的孩子总是非常尽职地看守着这空无一人的家，而她也把那些狗儿视为亲人，所以跟韩丹关系好的人都知道，她用狗来比喻这些氨水母时，并不是在贬低它们。

氨水母的世界并不像人类世界那样有着与其他动物共存的习惯，在它们的世界里，就只有它们自己。尤里费力地理解着韩丹的话，沉默了很久才说："你的意思是，如果我们对你们有用，你们就愿意提供一个星球那么大的生存空间,让我们自由繁衍?"

韩丹说:"我更喜欢'合作'或'共生'之类的字眼。"

对于一种渴望更宽广的生存空间的生物而言,联盟开出的条件极为诱人。作为一种孤独存在的生物,它的脑海里没有"尊严""地位"之类在人类这样的群居性动物当中极常见的概念,它甚至不知道所谓"合作"和"共生"是什么意思,它脑子里唯一想的问题就是顺着生物本能,不断获取更为广阔的生存空间,这使得它很快答应了联盟要求。

伊司-03 离氨-07 越来越近,它的引力扯起的海浪逐渐形成一座刺破天空的高山!数不清的液氨被伊司-03 的引力从星球表面的大洋中撕下,像上古洪荒般从氨-07 扑向伊司-03。数不清的氨水母随着洪流冲向新的世界,不知有多少氨水母被这洪流撕成碎片,但它们就好像被血腥吸引来的鲨鱼,拼上性命从四面八方汇集到水山底部的海床中,任由旋涡般的激流把它们从海底卷到海面,抛向通往伊司-03 世界的玩命旅途中!

老人看着随着急流抛到太空中的氨水母的尸体碎片,感叹说:"在它们的文化中,死亡好像根本就不算一回事。"

韩丹啜着热茶,说:"这个问题你已经感叹过很多次了。氨水母的成熟体原本就只有三个月寿命,它活着的唯一目的就是产生孢子,为整个群体的繁衍做出牺牲,就算为此而死,对它们来说也是理所当然的事。"

老人突然觉得,自己身为军人,能够理解这些氨水母的牺牲了。

◆ 8 ◆

在伊司-03到来的第三天,越来越多的氨水母离开了氨-07,前往伊司-03,氨水母带着数不清的工厂、房屋甚至菌簇田,通过水山,像洪水般冲进伊司-03的世界。

韩丹对尤里说:"我们也许该说再见了,希望你到了伊司-03的新世界之后,仍然能跟我们保持联系,毕竟我们是朋友,对吧?"

科考飞船将尤里连同它的液氨罐子一同送入液氨海洋中。尤里启动罐子上的推进器,往那座通往伊司-03的巨型水山赶去。

在很长的一段时间里,韩丹一直盯着监视仪上的光点,观察尤里的去向。直到光点顺着水山爬升,消失在伊司-03的表面之后,她才长长地舒了一口气。

老人看着韩丹坐在控制台前,修长的手指熟练地在按钮上跳跃,与尤里取得联系。"尤里,你现在感觉怎样?"韩丹问它。

尤里似乎很兴奋,说:"这是我见过的最漂亮的世界,海床那么辽阔,资源那么丰富,我们一定能在这儿繁衍生息,生长成一个强大的种族……"

韩丹跟尤里敷衍了几句,眼睛却始终盯着旁边那些闪烁的仪表。等到左侧控制台所有的指示灯都变成绿色之后,她站起身走到一旁,从一个文件夹中拿出一张薄薄的纸交给老人,说:"接下来,该你们上场了。"

在星舰联盟,当最高科学院需要军方的协助时,通常都会打一份申请给国防部,得到批准之后,就可以调动军队协助处理一些事情。这张薄薄的纸片就是国防部的授权书——临时授权龙喉海洋的最高科学院生命研究所学者动用第九舰队的全部力量处理氨-07人造星球事件。

韩丹和老人已经不是第一次合作了,在此之前,他们也曾经联手解决过好几次类似的外星生物事件,但在联盟境内处理这种事,还是头一遭。他们一同走进飞船的登陆艇舱,一艘小型飞船载着他们,前往"炎帝号"航天战列舰。

当三艘巨大而黝黑的扁椭球形主力战舰像月球一样逐渐出现在氨-07的地平线上时,韩丹的嘴角慢慢露出笑容,一扫过去几天的局促不安。

韩丹很不喜欢与氨水母打交道,这几天她与尤里谈话时,声音都显得极为不安,尤里不懂得人类的感情,听不出有什么不对劲儿,但老人却是听得出来的。老人突然对驾驶员交代说:"咱们不必到巡天战列舰上去了,改为前往'斯坎迪号'航天母舰,派人把我的军服拿来,不要常服,要作战服,顺便给韩丹教授带一套。"

"将军,您要亲自上前线?"驾驶员问老人,但并不显得太吃惊,这种事也不是第一次了。

老人说:"只是去视察,不会有危险的。"

当老人踏上"斯坎迪号"航天母舰时,作战服也送到了。作战服与常服不同,两颗金色的将星镶嵌在袖口上,老人穿好作战服,踏上一艘双座型舰载机,凝重的表情就好像他年轻时初次出征一样。韩丹进入舰载机后座,对老人说:"你好像很重视这次行动。"

老人进入座舱,飞行员出身的他熟练地转动操纵杆,舰载机缓缓启动,几名身穿密闭式宇航服的地勤人员有条不紊地指示舰载机转弯进入升降机,机库的指示灯逐一亮起。

老人问韩丹:"你知道咱们联盟军跟地球时代5个军种中哪个军种最相似吗?"

"海军。"韩丹说。

"是的,海军。"老人说,"不管是这个时代的联盟军,还是地球时代的海军,都是在远离本土的广袤中,在人类没法直接生存的环境里作战,所以我很忌讳这些可以在我们无法生存的环境中生活的高等动物。一旦它们掌握了跟人类相差无几的科技,万一发生战争,我们就失了地利,处于劣势。"

军人理所当然应该是强硬派,韩丹对老人的想法丝毫不觉得意外,她正要说些什么,老人突然说:"坐好,要起飞了。"

升降机缓缓启动,速度越来越快,与其说它是供舰载机起降的升降机,不如说是镶嵌在巨大的电磁炮管里的活塞,将舰载机飞快地弹了出去。瞬间之后,韩丹回头望去,只看见黑色的航天母舰像一个泪滴状的巨型马蜂窝,静静地离她远去。

航天母舰是联盟军中最特殊的飞船之一，就外形而言，它跟地球时代的航空母舰毫无相同之处，它唯一的用途就是装载体积比它小的各种作战飞船。在环境恶劣的宇宙中，小型飞船很难抵御宇宙中无处不在的高强度辐射、恒星表面的超高温、巨型天体的引力潮汐等极端环境，更没办法长途奔袭成千上万个天文单位对敌人发起攻击，只有巨型飞船才有足够的空间安装各种防御系统和庞大的动力装置，所以巨型飞船搭载小飞船进行远征就成了航行的方法，而这也正是航天母舰诞生的缘由。

韩丹说："我不知道我们的祖先是怀着怎样的心情，把这种巨舰命名为航天母舰的，明明只是一艘用途比较特殊的运输舰罢了。"

老人说："航母这名字代表着一个想成为宇宙海洋霸主的梦想，正因为有成为霸主的梦想，所以今天人类才无法容忍氨水母这个潜在的威胁。"

伊司-03是一颗非常巨大的人造星球，从远处看，它跟别的人造星球没什么两样，但等到舰载机一个俯冲、扎进它稀薄到几乎不存在的大气层时，就能看清它是一个由无数直径超过数十公里的巨柱扭曲拼接成的空心球体。那些巨柱就像蘑菇的根柄，每一根巨柱顶部都支撑着一个数百公里的薄片形状的平台，大量的液氨从平台倾泻下来，形成巨大的瀑布，飞流直下，朝着肉眼看不到尽头的深渊落去。

这颗人造星球是一个陷阱，巨柱顶部的那些薄片能模拟出各种特征信号，把这里伪装成一颗适合生命生存的星球，内部的空腔则可以隐藏一两支航天母舰战斗群，猎杀被诱入其中的智慧生物。不过，它最重要的作用却不是猎杀别人，而是采集异星生物的各种数据，依靠它内部的巨型计算机强大的运算能力，构筑目标星球的生物圈模型。

韩丹的手腕上戴着一个小型仪器，她密切关注着仪器上显示的数据，说："已经有50%的氨水母进入伊司-03，剩下的估计也不会再进来了，它们想留一部分氨水母在氨-07，尤里发消息跟我说，它在伊司-03过得很愉快。"

老人看着顶部平台不停闪耀的电光，那是伊司-03巨大的扫描系统在扫描落入它的各种物质的结构。它收集的信息是如此之多，从工厂、居民区、菌簇田，到每一个活生生的氨水母，全都建立了数据影像储存在巨型计算机中。那些可怜的氨水母根本没发觉自己在进入伊司-03的那一刻就已经命丧黄泉，只有极少数的幸运儿逃过一劫，伊司-03在它们进入的一瞬间，就把它们所有的意识强制输入到巨型计算机中的模拟世界里去了，如今的它们只是活在一个计算机构筑出来的虚拟世界中。

韩丹说："氨水母是一种很有研究价值的生物，但现在我们已经收集到足够多的研究样本了，动手吧。"

老人下令说："我是第九舰队指挥官郑维韩，现在我下令，舰载机全部出动，用伽马射线消灭所有落在伊司-03行星上的侥幸没死的氨水母！"

韩丹补充说："记得打开生命探测器，一切有生命特征的东西都不放过，记住氨-07的教训，连细菌都不要放过。"

数不清的舰载机如同漫天的飞蝗，扑向伊司-03。伊司-03

的引擎突然启动，快速远离氨-07，高大的水山轰然倒塌，上百亿吨的液氨猛然砸回液氨海洋。哪怕是在太空中，韩丹也能清晰地看见飞速扩张的水墙席卷全球，它的地壳没法承受突如其来的冲击，噼里啪啦地断裂，火红的岩浆喷涌而出，浓烟滚滚的氨蒸气笼罩着整个世界，海底的氨水母城市只怕也难以幸存。

"氨-07也按同样的方法处置吗？"老人问韩丹。

"不必那么麻烦，"韩丹说，"把氨-07整个炸掉，连灰尘都别剩下。"

老人下了一道命令，韩丹只感觉到强烈的引力扰动让整艘舰载机都在发抖。她回过头，看见那艘雪茄形的"炎帝号"航天母舰正在逐渐转向，对准氨-07，巨舰头部的保护罩缓缓滑开，露出黑色的引力导轨，一颗非常细小的人造黑洞正逐渐在导轨的深处孕育成形……

尾声

氨-07的毁灭已经是一个星期之前的事了。这些天，韩丹闲着没事，待在家中整理院子里的花卉，却不期然看到老人来访。

"最近不用出征吗？"韩丹打开门，请老人入内，随口问道。

老人说："暂时还没接到命令，我也乐得清闲，四处找老朋友串串门。"

韩丹沏了一壶好茶，老人的目光落在一份报纸上。这些日子，氨-07这点儿事在公众眼中也逐渐失去了关注度，被挤成小小的豆腐块缩在角落里，报纸的头版头条是一则最近闹得沸沸扬扬的八卦新闻。

氨-07那件事对公众而言已经结束了，日子又恢复到了平时的平淡。但对某些人来说，事情还没了结。07号核聚变工厂的负责人仍在受审中，不过科学院已经决定把氨水母的资料永远锁在资料室里，缺了最能让这些人定罪的关键材料，这场漫长的官司不知道什么时候才能打完。

"你们打算把氨水母的事情永远掩盖起来？"老人问韩丹。

韩丹抱着肩说："别提氨水母的事了，一想起那些水母一样的生物，我就觉得脊背发凉……"

人类从在地球上诞生的那天算起，用了两百万年才迈进工业时代，氨水母却在短短一千年走完了人类两百万年的路。韩丹很担心，如果放任这些氨水母发展下去，总有一天他们的科技会远远凌驾在人类之上，进而威胁到人类的霸主地位。

老人说："其实在这件事当中，氨水母是最无辜的，它们唯一的目的就是活下去，也从没做过什么坏事，结果却被彻底消灭了。"

韩丹说："人类有时候是很卑劣的，毕竟我们还没伟大到牺牲人类自己的利益来成全别的智慧生物的地步。"

我讲我爷爷的故事

宇宙拓荒者

文／阿缺

我来给你讲述我爷爷的故事。

本来，这个故事应该由我奶奶来讲，她见证了我爷爷的大部分生命，她讲述的视角将更加真实和全面。但我奶奶压根儿不愿意提起我爷爷，只是当她弥留之际、神志不清时，才会在深夜里愤愤地骂着那个早已离开她的男人。

这个故事便是从我奶奶零碎的梦呓中整理得来的。

我爷爷出生在拓荒纪元中最疯狂的年代。那时，人类舰队在宇宙的黑渊中行进，一千亿人冬眠沉睡着，只有当检测到宜居星球时，才会使一百万人苏醒，投放到该星球上。这一百万人负责这颗星球的改造，而剩下的人继续航行。人类的版图就这样向四面八方扩张。

我爷爷所在的星球，叫芜星。讲到这里，你或许觉得能从这个名字猜出这颗星球的情况来，但你错了——事实上，芜星比你想象的更加荒凉，比你中年以后秃顶的头皮更加贫瘠。

我爷爷是芜星第九代居民，从小就不老实，十五岁时，他彻底厌倦了芜星一成不变的景色。当时对芜星的改造，主要是通过农业，我爷爷看着人们每天顶着两轮毒日，在田地里弯腰耕作，他心里充满了绝望。在他的理想中，自己属于星辰大海，属于舒适悠闲的舰队，而不是污水横流、臭气熏天的改造田。

在理想和现实的极大反差下，我爷爷激发了他的谋略。那时，每天晚上，他都跟与他同龄的伙伴们描绘重归星舰后的美好景象。

"只要我们回到星舰，找一个冬眠机睡下，醒来的时候，说不定联盟已经停止拓荒了。那应该是几百或几千年后，我们就能享受现在的人种下的果实了。亨利，我知道你想吃肉，那时候……嘿嘿，油腻腻的肥肉吃到你想吐！"

精瘦的少年亨利下意识地吞了吞口水。

"还有你，徐家声，不是一直想女人吗？告诉你，到时候联盟资源富裕，你想要什么样的女人，都能给你人工造出来！"

徐家声发出了比亨利更大的咽唾沫声。

我爷爷在耗尽了想象力和口水之后，终于让伙伴们达成共识：不能生活在这个年代！一定要回到星舰，在冬眠机里让时光流淌而过，等艰苦卓绝的拓荒纪元结束，在平安享乐的繁华世纪里苏醒。

为了这个共识，他们想尽了办法。破坏耕种机器，故意打架闹事，夜晚大声唱歌影响别人休息……干这些捣蛋事的唯一目的，是想让负责这一片改造队的赵队生气，将他们送回星舰反省。但事与愿违，赵队总是笑呵呵的，每次都是抓到他们当场就放了。

情急之下，我爷爷的领袖才能也体现出来。他每天留心观察，发现每隔一个月就有几艘飞船起航，在舰队与芜星之间运送物资。我爷爷打上了这些飞船的主意。

"要是被发现了怎么办？这可是大事，联盟的法律这么严，我们肯定会受惩罚的。"徐家声得知我爷爷要抢飞船，脸都吓白了。

我爷爷却满不在乎地摆摆手，说："我们都不是成年人，即使被抓到，赵队也不会真把我们怎么样。你放心，只要把飞船抢到手了，我们就立刻去追星舰。"

于是，这群少年趁着两轮太阳都沉入天际的时候，悄悄来到了港口。十几艘飞船停在那儿，在夜色中如同一个个庞然巨怪。

我爷爷选了其中看守最少的一艘，几个人一拥而上，将两个卫兵撂倒，然后冲进飞船把其他人制伏。这个过程颇为顺利，简直可以给后来横行在各星际航道中的海盗当作抢船劫货的典范——如果不是我爷爷骤然发现飞船上没有燃料的话。

我爷爷当机立断，把人质扣押了，给赵队打电话："赵叔叔？"

赵队除了掌管这片区域的开发改造，也负责对未成年拓荒者进行教育，因此很熟悉爷爷的声音。他在通讯器的另一头漫不经心地说："是小李啊，怎么了？"

"是这样的。"我爷爷有些不好意思，"呃，赵叔叔，我抢了一艘船，扣押了七个人质。船上没有燃料，要不，麻烦您送点儿燃料过来，我把人质还给您？"

"你要飞船干什么?"

"我不想待在芜星了,我要回星舰。"

"好,我马上过来。"

当时港口已经聚集了很多宇航员,七手八脚地指着我爷爷一伙人。我爷爷见其他同伙都已经脸色发青了,不禁低声骂道:"没出息的!等赵队拿来了燃料,我们就回星舰了,肉和女人……"

我爷爷还没有把美好景象勾勒完,赵队就来了。

他是一个人来的,没有带燃料,他脸上还是笑眯眯的表情。他说:"小李啊,别闹了,放下枪,把人质也放了,跟我回去。"

我爷爷心里知道没戏了,他当然不敢真的杀人质,但又不愿意功亏一篑。他跟赵队僵持着。赵队也不急,扳着指头给他算:"首先,我是不可能给你燃料让你走的,要是每个人都像你们这样偷懒想吃现成的,联盟就垮了。然后,你没胆子杀人,也开不走飞船。你看,还是留下来吧……"

僵持了三个芜星时,我爷爷终于放弃了,一群少年垂头丧气地鱼贯而出。被扣押的船员咒骂着要打他们,赵队拦下了,笑嘻嘻地说:"算了,都是孩子,不懂事。"

"现在是孩子就敢拿枪劫飞船,等成年了,不知道要干出什么事情来!"一个船员脸都憋红了,嚷道。

"你说的也是。"赵队按按太阳穴,叹了口气,"那就给他们一点儿惩罚吧。"他叫住了我爷爷一伙人,手指在他们的脑袋上点来点去:"一二三四五六七,点到谁,就是谁。"

他的手指最后落在徐家声的头上。

"小徐啊,别怪我。"说完,赵队掏出刚刚没收的手枪,顶在徐家声的后脑勺上,手指扣动扳机。

哗! ——蓝色的激光穿透了徐家声的脑袋。激光带来的高温让创口瞬间凝固,一丝血都没有流出来,他像根木头一样栽倒在港口冰冷的地面上。

"从现在开始,你们都给我老老实实的!"赵队脸上的笑容变成了狰狞,他咆哮着,"只要发现你们再闹事,我就打死你们!敢动歪脑筋,我打死你们!敢走出营地,我打死你们!敢说一句偷懒的话,我打死你们!"

事实上,赵队后来说的话,我爷爷根本没有听见。徐家声的尸体就倒在我爷爷脚下,那双眼睛犹自睁着,但没了生气,如同沉郁的沼泽。我爷爷被吓得浑身发抖,牙齿打战,股间有热流涌出。我爷爷所有的胆量和谋略都随着这泡尿流到体外,再也没有回去过。

在接下来的日子里,我爷爷胆战心惊地活着。他参加了改造队,每天都跟芜星的土壤打交道,勤勤恳恳地耕种。这个曾有着万丈雄心的少年,现在哪怕抬起头看看天空,都缺乏勇气。

当然,如果我爷爷在日后永远保持这副模样,那这个故事就平淡乏味,丧失了讲述的意义。所以我跳过我爷爷兢兢业业耕作的那几年,直接说说改变他命运的那群猪吧。

写到这里,我不得不解释一下,我所说的猪,没有用任何文学修辞手法。那的确是一群来自地球的仔猪，基因经过改良，肉质鲜美，是星舰专门拨给改造队的。

而我爷爷的新任务，就是饲养那群猪。

最开始，我爷爷十分抵触被分派到猪圈工作。即使胆怯使他失去了雄心壮志，但人们对"猪倌"这个称呼的鄙夷，依然让他心不甘情不愿。在接受任命的时候，他蹲在角落里，一根接一根地抽烟，就是不接赵队长的茬儿。

赵队很快明白了我爷爷的意思，略微思索一下，便让其他人都回去，唯独让我爷爷留了下来。赵队说："你是不是以为我派你去养猪是在整你？"

对赵队长的畏惧还深深留在我爷爷心里，但他当时硬是只吐出一口烟，头也不抬。

"告诉你，我这是把天大的好处让给了你。"赵队长凑近我爷爷的耳朵，小声说。

他神秘的音调成功勾起了我爷爷的兴趣。我爷爷望着他，问："啥好处？"

"你知道吗？联盟马上就会又派一批人来芜星。"

"这跟我有什么关系？"

"来的那批人，全都是姑娘——都是二十出头的小姑娘，据说出生前进行过基因矫正，个个长得娇俏俊美。"赵队长的声音又低又沉，像是在讲鬼故事一样。"你知道她们为什么来吗？是来扎根芜星的，也就是说，她们要在这里找人嫁了，开枝散叶。新规定是这么说的,能吃苦耐劳,有业绩的,就可以优先选择。偷懒耍滑的,最后连屁都捞不着一个。"

我爷爷狠狠吸一口香烟,然后把烟屁股碾碎,吐出烟雾,站起来握住赵队长的手:"谢谢您嘞!这群猪,养不到个个三百斤就让我被猪吃了!"

可想而知,我爷爷对女人的兴趣有多么浓厚。

其实这可以理解。在漫长艰辛的劳作生涯中,我爷爷鲜少有机会接触女人。他对女人的了解,来自长辈们粗俗的玩笑和伙伴们偶尔弄来的珍贵影像资料。有一次,一个伙伴用半个月口粮换来了一部名字被涂掉了的全息电影,然后躲在宿舍里看。当时有十几个小伙子围在一起,眼睛直勾勾地看着光影变幻。

电影最开始,是索然无味的男女邂逅场面,接着谈情说爱,在旧时代的地球街道上约会,最后,这对男女走进了一个房间。所有人都隐约知道接下来要发生什么,纷纷屏气,宿舍里连一丝呼吸声都没有。在所有人的目光中,电影里女人身上的衣服一件件滑落,露出粉色内衣。但就在女人的手伸到背后要解开扣子时,那个换来电影的伙伴突然将电影关闭了。

"这毕竟是我用五个月口粮换来的,你们要看,就多少支援我一点,每个人给我一个月口粮,我就继续放。"那个伙伴伸出手,"不给的,就出去。"

我爷爷对粉色内衣里的东西感到无比好奇。为什么,为什么那种柔软的突起会令他口干舌燥、身体发热,而有着同样形状的馒头或山丘却不会?

但犹豫了很久,我爷爷最终走出了宿舍,原因很简单,他手头没有多余的一个月口粮。

只有四个人选择了留下。事后,我爷爷挨个问他们,但每个人都不肯说。他们像商量好了似的,只告诉我爷爷:"能看到内衣里面的东西,那一个月的口粮,真值!"

我爷爷后悔不迭,于是开始了漫长的积攒口粮之路。但还没等他攒够时,那部电影就被赵队搜了出来,当众销毁,并将看过电影的人一一揪出来。当时我爷爷在台下,看着被惩罚的伙伴们,心情十分复杂,似乎是庆幸,又似乎是后悔。

但现在,我爷爷又有了奔头。

我爷爷一边辛苦地养猪,一边盼着那些姑娘早日来芜星。

这一天很快就来了。在一个晚霞密布的傍晚,一艘飞船缓缓降落在营地中央,灰尘四起中,舱门打开了,露出里面一张张好奇的脸。

都是漂亮姑娘们的脸。

营地一下子炸开了锅,没有人工作了,大家纷纷围过来,兴奋地打量着飞船里的人。他们群情激昂,他们唾沫横飞,他们口哨不绝,似乎是一群围住了羔羊的恶狼。

赵队过来维持秩序,姑娘们才敢走出飞船。落日余晖在她们脸上涂上了诱人的金色,晚风拂起她们的秀发,纤腰柳摆,容颜花娇,她们在恶狼的视线里行走,纷纷红了脸庞。

我爷爷来得晚,只能站在人群的后排,焦躁地在一排排后脑勺的空隙间寻觅。

"哎,让让!我看不到。"我爷爷发现他前面的人正是小伙伴亨利,喜道。

"让个屁!"

"有好事一起看嘛!"

"看个屁!"亨利看得眼珠子都红了,显然什么都听不进去。

无奈,我爷爷只能尽力踮起脚,在有限的视界里搜寻。这时,一个姑娘的侧影进入了他的眼中。她穿着浅绿色衣衫,紧贴身体,夕阳照在她的胸前凝聚出一束温暖的光亮,锁骨至腰腹的那一道优美弧线也被光晕勾勒,散发着淡淡的辉芒。她显然不太习惯周围这一群男人,略微低着头,紧紧地跟着前方的姑娘。

当天晚上,我爷爷没有睡着。他躺在一群肥头大耳的猪中间,抚摸着它们粗糙的背脊,不时发出呵呵的笑声。根据研究,猪在求偶时也会发出类似声音,所以那天晚上,我爷爷养的猪也没有睡着。但不同的是,猪们想的是同样体肥腰壮的猪,而我爷爷为之辗转难寐的,却是那个胸部有着柔软山脊一样曲线的姑娘。

打那以后,我爷爷每次赶猪到营地外的山坡上时,都会绕很大一个圈子,绕到姑娘们住的宿舍前,经过时便努力朝里面观望。他总能看到许多美艳妩媚的姑娘,像是点缀在这颗贫瘠星球上的花朵,但他真正想看的,只是那一个。

姑娘们很快熟悉了这里的环境,不再羞涩,叽叽喳喳,跟路过的男人大声开着玩笑。但那一个不是这样,一直以来,她都坐在宿舍的窗前,要么看书,要么托着腮仰望天空。隔着遥远的距离,我爷爷只能看见她模糊的面庞。

次数一多,姑娘们也就察觉到了我爷爷的心思。只要我爷爷的那群猪一出现,她们就会伸出手,指指点点,掩嘴偷笑。那群猪倒是无所谓,像是被笑声鼓励,走起路来愈发耀武扬威,鼻孔朝天,大耳招展,一身肥肉抖擞。我爷爷则面红耳赤,低着头,却仍不忘用余光瞟向那个姑娘的窗子。这种胆怯的样子,总让别人误以为,是猪在牵着我爷爷溜达。

哦,我的爷爷啊!难道你不知道吗,如果你想要姑娘,就不应要脸?世间事,没有两全的。

说回来,我爷爷在营地里也算是个名人,年少时胆大妄为,如今负责一大群猪,都可作为谈资。但我爷爷觉得这两者都不是什么好名声,要是那个姑娘知道了,肯定会暗地里笑话他。

每当我爷爷想起这个,就会愁眉苦脸,叹气不迭。他把那群猪赶到山坡上,让猪自行去吃草,自己就抱着膝盖,忧愁地撕扯着叶子。他在想如何才能接近那个姑娘,却毫无办法,她像是远在天际的一抹霞,而他是在地上拱草的一头猪。想到这个比喻,我爷爷下意识地去看猪,它们白色的阴影隐在一大片蓝色猪草间,斑斑点点,大声咀嚼。当猪也没什么不好,至少无忧无虑,这样想着的时候,我爷爷忍不住哑然失笑。

"你在笑什么?"

"笑我的猪。"我爷爷回答道。几秒钟后,他才意识到不对,回头一看,然后受了惊吓般猛地后退,摔进了一片柔软的草地里。

他身后，是那个姑娘的脸庞。

是的，我爷爷和那个姑娘在霞光遍野的山坡上相遇了。

当我知道这件事后，曾兴冲冲地跑去找我奶奶，问她是不是那样邂逅我爷爷的。结果她沉默了几秒，浑浊的泪迅速蒙上了眼睛，然后她抄起棍子打我的背，我就又跑开了。

我花了很长时间才想通——那个姑娘，并不是我后来的奶奶。

但当时我爷爷不知道，他兴奋地爬起来，说："你……你怎么来了？"

"我来这边走走。"那个姑娘说，"这片草地真大，蓝得一眼看不到边，就像海洋一样。"

"海洋？"我爷爷有些迷糊。他生长在这颗枯芜的星球上，从未见过海洋。

那个姑娘低下了头，笑笑："我没有见过，但书里讲过。在我们的母星——地球上，有很多很多的水，它们汇聚起来就成了海洋。水是透明的，但海洋却是蔚蓝色的，人可以在里面游泳，还有船在海面上前行。要是天气好，海和天就分不开，因为它们是一样的颜色。"她抬起头，昏黄阴沉的天空倒映在她的眸子里，她又低下了头："我很想见一见大海。"

我爷爷被那个姑娘所描绘的场景震惊了。在芜星，水无比珍贵，每天限量供应，大多数人的嘴唇都是干涩的……但是，以前的船居然是在水面上航行？难道船不是只能飞行在宇宙里吗？哪里有那样多的水可以承载巨大的舰队？

这份震惊同时又令我爷爷感到羞愧。于是，为了找回面子，我爷爷开始喋喋不休地讲述养猪的技巧和心得。他甚至抓来一头猪，死死按住，给姑娘看猪的各种体征，并说明通过哪些体征能够看出猪的生长状况。

哦，我的爷爷啊，请不要这么做！我都为你这样拙劣的手段感到羞惭！

但是那个姑娘并没有显出不耐烦或鄙夷。她安静地坐在我爷爷身旁，一会儿看猪，一会儿看我爷爷，脸上是娴静的表情。每当我爷爷感到尴尬的时候，她就出声问一句什么，让我爷爷能够继续往下讲。

这个晚上，他们聊了很久，一直到六轮月亮爬上来，他们都没有停下。后来连猪都累了，在他们脚边拱成一团，睡着了。至于他俩到底说了些什么，已经没人知道了，年岁久远，埋葬一切。或许那晚的风知道，它从他们中间吹过，偷听到了一些凌乱的句子，但它又吹向远方，无力将那些话语讲给四方的人听。

接下来的事情陈旧俗套，我就不一一赘述。反正我爷爷跟这个叫莎莲娜的姑娘越来越熟悉，见面的次数也越来越多。我爷爷第一次尝到了爱情的滋味，多次在梦境里亲吻莎莲娜——当然，他睡在猪圈里，所以你明白当他在梦里吻着莎莲娜时其实是在吻什么了。

按照赵队给的承诺，这一年结束时，他就可以正式提出跟莎莲娜在一起了。他觉得莎莲娜是不会拒绝的。

但那一年，是无比艰难的一年。当时对芜星的改造已经持续了三百多年,而对于了解一颗星球来说,这个时间还是太短。出于某种尚不了解的原因,那年所有的作物都枯萎绝收,营地之外,疮痍满地。更糟糕的是,承载人类希望的星舰,在遥远星系里遇到了疯狂恒星群的引力陷阱,整个舰队都被引力裹挟,向未知的凶险星域飘去。

内无收成,外无供给,使得整个芜星都笼罩上了饥饿的阴影。为了了解当年饥饿的程度,我曾专门去拜访过一个幸存下来的老人。

那是傍晚,老人刚吃完饭,心满意足地打着饱嗝,但当我让他回忆那场遥远的饥荒时,他立刻陷入了沉默,只有零星朽牙的嘴一张一合。几分钟后,他站起来,把刚才剩下的食物拿出来,一个人蒙头吃完了它们。

我看到老人肚子鼓胀,看到他眼角湿润,但还是不停地扒饭,我就转身离开了。

让我们将视线重新投回那个时候,看一看笼罩人们的艰难困境。

首先,是能源不足。芜星的夜晚刺骨寒冷,没有星舰供应的反应堆原料,人们只能紧紧裹住衣被,但寒冷还是如蛇一般潜到身体里。每天都有人没能熬过夜晚,再次从梦中醒来。

其次,是饥饿。库存的食物被耗尽后,人们就忘了吃饱是什么感觉。最初的一阵子,大家都不干活,躺在营地里,张大嘴望着天,似乎能从空气里吃出稻子来。再过一阵子,人们饿得躺都躺不住了,纷纷爬起来去觅食。他们跟地球上的蝗虫一样,在芜星的各处翻拣，把一切能吃的东西都吞进肚子里。

最后，是绝望。这一点比前两者加起来都可怕。

人们都饿成了皮包骨头，我爷爷养的猪却安然无恙。这是一种奇怪的现象，农作物颗粒无收，芜星的野草反而格外茂盛，似乎将所有的营养都掠夺了。人类不能吸收野草里的植物纤维，猪却可以，它们每天在山坡下咀嚼，一个个肥头大耳，像是滚动的肉球。

可想而知，这些猪对饥饿的人们来说，会是多么大的诱惑。

我爷爷深知这一点，每天格外警醒，睡觉时都把耳朵竖起来，时刻提防有人闯猪圈。其实我爷爷也饿得不行，原本一个壮硕的小伙子，硬生生饿成了骨头架子。但我爷爷不能让猪出事，它们是他娶到莎莲娜的希望，它们也是他的朋友，他甚至给每一头猪都取了名字。

一个夜晚，我爷爷正在睡觉，突然听到猪圈门被撬的声音。他一骨碌翻身而起，拿起钢叉，对准猪圈门。

门被推开，一个人冲进来，看到我爷爷，愣了一下，央求说："我快饿死了，让我吃肉……"

进来的是亨利，他比以前更瘦了，在黑夜里如同晃动的骷髅。他的衣衫挂在身上晃荡不休。

"不行，这些猪是大家的，最后要上交给星舰。"我爷爷试图劝说，"星舰要通过猪的质量来评定我们生产队的等级，很重要的。"

"星舰都没有了！星舰被恒星抓到了，烧成灰了！管他呢，现在只有我俩，你给我吃一头 —— 不，我只要一条腿！"亨利说着，抽动鼻子，闻到了猪身上的骚臭味。这难闻的味道却令亨利口水都快流下来。

"不可能！"我爷爷悍然拒绝。

亨利怪叫一声，猛地扑向猪圈。他翻到猪群里，不顾脏臭，一口咬住了一头猪的后腿。猪顿时惨嚎起来，后腿乱蹦，正中亨利的面部，踢得他鼻子眼睛里都是血。但他依然没有松口，越发用力，竟活生生在猪后腿上咬下了一块肉来！

他不管腥臭的猪血和猪毛，一口一口，把那块肉给吞了进去。

然后，他停止了呼吸。

我爷爷惊呆了，连忙扑过去按压亨利的肚子，同时把手指伸进亨利的喉咙里去抠。所幸，那块肉还没有被嚼烂，我爷爷一下子把它扯了出来。

"咳咳……"肺部涌进了新鲜空气，亨利咳嗽着醒过来。他看着地上被灰尘裹满的肉，浑身颤抖，眼里满是泪水。"对不起。"过了很久，他低声对我爷爷说，然后跟跄地走出猪圈。

我爷爷失魂落魄地走到猪群中间。猪被亨利的疯狂吓到了，哼唧不安，全部依偎在我爷爷身旁。我爷爷小心地安抚它们，当他摸到那头后腿流血的猪时，也不禁连声叹息。

然而，饥饿的人并不止亨利一个，他们更难对付。在饥饿的驱使下，十几个男人结成了短暂的同盟，他们磨牙擦拳，瞅准时机，在一个月黑风高的夜晚袭击了猪圈。

我爷爷还没有醒过来，就被当头一棍给敲晕了。当他醒来时，猪圈已经空了，只有凄凉的晚风在他周身环绕。

"啊……呀……"我爷爷发出含混不清的声音，爬起来，奋力向外面追去。他知道饥饿的人们什么都干得出来，自己冲过去，很可能会被打死。但他没有选择——这些猪是他生活的唯一希望。

外面很冷，且黑，六轮月亮全部隐进了云层后。我爷爷身上只穿着单薄的衣服，跑起来时，风能从他脖子处灌进去，然后从裤管溜出来，将他身上的热量带走。但我爷爷不管，顺着风里面隐约的猪臭味，一路追下去。

我爷爷奔跑的姿势其实很笨拙，手臂和腿都不协调，背上很快冒出了汗，然后又被冷风吹干。他凌乱的头发在眼前晃来晃去。他开始还能呼吸，后面便只能喘息，心脏咚咚咚跳个不停。

但他跑得很快。

我爷爷在风里穿行，在黑暗里奔跑，耳边溢满了呼啸声。跑着跑着，他自己都有种错觉：要是这么一直不停地跑下去，快一点，再快一点，自己会不会像利箭一样刺破夜的外壳，到达另一个世界？

当然，我爷爷并没有找到这个问题的答案。在他看到另一个世界之前，他看到了那群偷猪贼。

那些人牵着猪，也在夜里跋涉。他们想把猪弄到隐秘的地方，慢慢来吃，以使自己度过困境。他们正深一脚浅一脚地走着，一边对深沉的夜咒骂不已，一边为到手的猪暗暗得意。这时，我爷爷突然冲出来，撞倒了两个人。他自己也翻倒在地上。

"怎么回事？！"有人怒喝道。

"不知道，刚有个人撞我……哎哟，我的腰……"

几个人跑过来，把我爷爷压住。"见鬼，这不是那个猪倌吗？"他们一下子认出了我爷爷，皱眉道，"刚才是谁负责把他敲晕的？"

"是我……可是我记得我一棍子下去他就不省人事了啊，怎么现在又跟个狗一样蹿出来了？"

"废话少说！罚你少吃一顿肉。"为首的人说。

"那他怎么办？"

"还能怎么办，再给他一棍子，重一点！"

我爷爷看到有人拿着棍子走过来，顿时拼命挣扎，无奈对方死死按住，他动弹不得。砰，一棍子敲在他后脑勺上，他没晕，只感觉到脑袋里响起了金属振鸣的声音，同时，闻到了一丝血腥味。

"这都打不晕！罚你两顿肉！"

那小子急了，抡圆棒子，猛地挥下来。我爷爷听到棒子刮起的呼呼风声，知道这一棒下来，自己不仅会晕眩，恐怕脑浆都要被打出来。于是他闭上眼睛。

然而我爷爷没有听到脑袋破碎的声音。他耳朵里，只有吭哧的呼吸声，人被撞倒的"哎呀"声，以及纷乱的脚步声。我爷爷睁开眼睛，看到那十几个人都手忙脚乱地去赶猪，倒是没人注意自己了。

是猪救了他。

在千钧一发之际,那条被咬了后腿的猪猛地挣脱出来,撞倒了拿棒子的人,然后向外跑。其他猪也四处乱拱,场面一时乱了套。

我爷爷爬起来,手脚挥舞,在人群里冲撞。他一会儿趁乱扇这个人一巴掌,一会儿又在那个人屁股上踹一脚,就是不让他们顺利地抓猪。

偷猪贼很快转移了重点,派几个人把他抓住,狠狠地揍他。

"快跑啊,你们跑啊!"我爷爷一边忍受着雨点般的拳打脚踢,一边大声喊,"麻子、大壮、小毛、花花、阿缺……"我爷爷叫着猪的名字,每一声呼喊都快要把喉咙叫断:"你们快走啊,你们是自由的,不要落到他们手里。他们会把你们清蒸、红烧的啊!"

猪们似乎听懂了我爷爷的话,跑得更欢畅了,撞翻好几个人,消失在夜色里。

"呵,哈哈哈……"我爷爷欣慰地露出笑容,嘴角有血流下来。

偷猪贼们气急败坏,指着我爷爷喝骂道:"都怪他!混蛋,往死里打!"

当然,聪明的你肯定知道,他们最终并没有把我爷爷打死。不然也就不会有我,也就不会有这个故事了。

我爷爷遍体鳞伤,一路爬向猪圈。夜色消弭,天边有两轮朝阳喷薄时,他才回到熟悉的地方。仿佛是奇迹一般,当他推开猪圈的门时,里面竟然挤满了肥猪,正睁着黑溜溜的小眼睛望着他。

这群猪,在夜色里四处奔逃,然后又不约而同地回到了猪圈。它们偎成一团,一边瑟瑟发抖,一边等待着我爷爷的回归。

我爷爷爬到它们中间。许多猪鼻子顿时蹭到他脸上,腥热的鼻息扑面而来。我爷爷在奔跑挨打时没有一声哭泣,这时却忍不住鼻子一酸,泪水哗哗流下。

尽管我爷爷为了这群猪舍生忘死,但终究没有把它们救下来。

因为要杀这些猪的,是赵队。

原因是负责整个芜星生产安全的将军要过来巡视。其实谁都知道巡视是假,到各个生产队混吃混喝才是这位将军的目的,但没有人敢阻拦——他是带着军队来巡视的。听说有几个生产队实在没有粮食,硬生生被他给烧了营地。他和他的士兵像飓风一样,走到哪里,哪里最后剩下的粮食就会被一扫而空。

将军到了生产队,对赵队说:"老赵啊,你看看,我这些兄弟一脸苦菜色,好几个月没尝到肉味了,我听说你这里,还养着一群肥猪?"

赵队恨得牙齿打战,脸上却堆出笑容来,说:"明白明白……"

那天是我爷爷最悲惨的一天。他耳朵里满是猪被杀死的惨嚎声,他捂住耳朵,跑得很远,趴在那个山坡下,藏在茂盛的猪草里,但那些声音还是像蛇一样蜿蜒进入他的脑海。他的麻子、他的大壮、他的小毛、他的花花、他的阿缺……这些有了名字的猪,全部被砍成一块块肉,扔进了大锅里。

那些猪肉被将军和他的士兵们一顿就吃完了,地上满是啃干净的骨头。他们吃的时候,营地的工人都围在四周,闻着肉味流口水。但没有一个人敢进去吃。

只有赵队作为主人,在猪肉宴上才有一席之位。他跟将军说了许多好话,将军才松口,让我爷爷也进来吃。或许是赵队知道这些猪是我爷爷的心血,过意不去。

我爷爷本来不想答应的,但犹豫过后,还是进去了。原因只有两个:第一,我爷爷实在是太饿了。他也是人,好几个月都在饿着肚子,闻到肉香,胃部好像有搅拌机在搅一样难受。至于第二个嘛……

我爷爷吃第一口猪肉的时候,差点把舌头给吞进去。那味道太鲜美了,像传说中的灵丹妙药,吃一口就能得道飞仙。

我爷爷也只吃了那一口肉。

接下来,每当士兵把肉端上来时,我爷爷都把衣领拉开,然后用手捂着嘴,把叼住的肉悄悄吐进衣服里。因为人多,分给我爷爷的,总共也就六块肉,他的衣服里,悄然藏了五块。

吃完抹尽,将军满意地打着饱嗝,剔着牙,瞅了我爷爷一眼,说:"还留在这里干什么?滚吧!还没吃够吗?"

我爷爷点头哈腰,捂着肚子,一步步走向食堂外。

"慢着！"将军的副官突然皱眉说，"你肚子这么鼓，到底是吃了多少肉？"

我爷爷一下子站住了，脑门上汗珠滚滚而落。要是将军知道他藏了肉，恐怕会当场被激光射穿脑袋。

"嗨，这你可就冤枉他了。"赵队讨好地笑着，走过来，不动声色地把我爷爷的肚子一按，让它没那么明显，"他从小就胃气肿，吃点东西，肚子里就满是气，这是给胀的。"

"我说嘛，几块肉哪能吃那么鼓……"将军笑道。

赵队冲我爷爷的屁股抬脚踹去，大声说："快滚吧你！还留着，难道想等肚子里的气放出来，熏死我们？"

在一片哈哈大笑声中，我爷爷低着头快速走出了食堂。

等到了深夜，我爷爷悄悄来到了莎莲娜的宿舍。这个时候的莎莲娜，已经形销骨立，不复以前的红润。她躺在床上，意识昏沉，声息微弱。

我爷爷没有吵醒她，烧了水，然后把藏起来的肉放进去煮。在此之前，他已经把门窗都关得严丝合缝，以防香味泄露出去。

所以，现在你明白我爷爷答应去吃肉的第二个理由了吧？

莎莲娜是被满屋子的肉香给勾醒的，在模糊的视线里，她只看到了那一锅肉汤。她从床上爬下来，头磕了一下，出血了，但她依旧径直爬向那锅汤。我爷爷上前扶住她，她没有看到我爷爷，眼睛直勾勾地盯着锅，手朝那个方向伸出。

在我爷爷与莎莲娜相处的时光里，她一直是娴静优雅的形象,笑声轻细,举止柔弱。要不是这场饥荒,谁都想不到她也会有饿死鬼一般的面目。

饥饿,是一种罪。

为了不让莎莲娜噎着,我爷爷把肉分成一小块一小块,小心地喂给她吃。她眼睛都睁不开,咀嚼着肉,最后还把煮肉的汤喝完了。

她这才有了一点力气,睁眼看着我爷爷,说:"谢谢……"

我爷爷暗地里吞了口唾沫,摇摇头,表示没关系。

"可是……我吃了那么多,你怎么办?"

"我还有啊!我可是喂猪的,要猪肉还不容易吗?"我爷爷豪气干云地拍了拍胸膛,咚咚咚,他的胸膛里像是什么都没有,发出空洞的回响。

莎莲娜这才安心,闭上眼睛,回味刚才唇齿间的味道。

"你的锅脏了,我去给你洗一洗。"我爷爷提起锅,走到外面。

莎莲娜恢复了力气,想起刚才自己狼吞虎咽的模样,惭愧不已。她扶着墙出门,想去给我爷爷好好解释一下。

外面已是深夜,六轮月亮在天空悬挂,因此她的脚下也映出了六条影子,如同绽放的影之花。她慢慢地在黑夜中行走,脑中思索着怎么才能跟我爷爷解释她之前的失态。

快到我爷爷的住处时,她突然在屋后面听到了哗哗的水声,然后是吱吱的奇怪声响。她好奇地绕到屋后,在水管旁,她看到了我爷爷。

我爷爷背对着莎莲娜，蹲在地上，正在用那口锅接水。他把锅晃了晃，让水冲刷整个锅面，然后把水一股脑喝完。然后，他还意犹未尽，又把锅举起来，贪婪地用舌头舔锅底。他舔得如此认真，以至于身后的莎莲娜开始哭泣了也没有听到。

直到那口锅被舔得干净光洁，映出明晃晃的月光，我爷爷才捂着肚子站起来。他的肚子里灌满了水，站起来的时候，居然听得到水晃荡的声音。他转过身，看到了莎莲娜。

"啊！呃，我刚才在……在洗锅……"我爷爷大惊失色，笨拙地解释着。

莎莲娜哭泣不止。

熬过了那段艰苦卓绝的岁月，芜星人终于迎来了曙光。星舰奋力逃出了恒星群的引力陷阱，重新出现在宇宙空间里，并且继续开拓版图。同时，星舰派出了纠察队，对饥荒时期发生的事情进行审查。

接下来发生了一系列事情，那个混吃混喝的将军被处决了，他的士兵受到了不同程度的处罚。而作为坚守职责的典型，我爷爷成了榜样，被通报表扬，在各殖民星球网络的首页上都能看到我爷爷略带羞涩的正面照。

这给我爷爷带来许多好处，除了出名，他还被额外分配了一套房子。说到这里，我得再解释一下，我也不想啰唆，可是我不解释你就不知道一所房子在芜星的珍贵，也就不能理解我爷爷当时的优越性。你要知道，所有人都在进行艰苦的拓荒，晚上只能蜗居在狭小的宿舍里，躲风避雨，瑟瑟发抖。而我的爷爷，却能够在开发区拥有一套大房子，享受晨风吹拂，看尽落日余晖。

这优渥的条件让我爷爷受到了众多姑娘的关注。他每天都能收到数不清的秋波和笑脸，还有姑娘们以各种名义发出的邀请。

有一次，一个漂亮姑娘来到我爷爷家里，寒暄之后，天色已晚，我爷爷正要送她回去，姑娘却解开了衣襟。被优化过基因的她，拥有惊人的曲线和肤色。我爷爷的鼻血一下子就像江河奔流一样涌了出来。

"今天晚上，我留下，好吗？"姑娘用魅惑的语气说。

我爷爷以令人吃惊的毅力拒绝了她。他给她穿好衣服，礼貌地送她出门，一路上，姑娘的表情先是错愕，然后是羞惭，最后是低低地啜泣。她并非水性杨花，只是希望有个栖身之所，所以鼓起了莫大的勇气，却不能使我爷爷动心。

"不是你不漂亮。"我爷爷安慰她说，"这个房子已经有女主人了。"

"是谁？"

我爷爷没有回答。

尽管我爷爷没有回答，但我想你可以猜得到，我爷爷说的女主人是莎莲娜。我爷爷安顿好一切后，兴冲冲地找到了莎莲娜，问她是否愿意搬过去住。

然而，我爷爷得到了否定的答案。

"你……你不愿意住大房子吗？"我爷爷困惑地说，"而且我也在那里啊。"

莎莲娜缓慢但坚定地摇头："对不起，我怕……我怕我会住习惯你的大房子，然后就忘记我的愿望。"

"你的愿望是什么？"

"我不想留在芜星上，我想去别的地方。这里太荒凉，太贫瘠，景色一眼就能看尽。我要回到星舰上，或是去别的星球。我不能把一辈子耗在这里。"

我爷爷怔然无语。

"我知道你也不想待在这里，我们一起走吧。"莎莲娜一把抓住我爷爷的手臂，殷切地说，"只要找到机会，我们就能一起离开。"

莎莲娜每说一句，我爷爷的心里就凉一些。

我爷爷曾和莎莲娜在六轮月亮下长谈，曾把唯一的食物留给她吃，曾抱着哭泣的她……那么多次，我爷爷都以为自己走进了这个姑娘的心中。但现在，他蓦然发现，其实自己从未了解过她。

她想离开这里。

原来她每天仰望着天空，心里想的却是怎样逃离。原来她那晚来到山坡上，并不是随意走走，她只是听说了我爷爷当年劫持飞船的英勇事迹，想找一个愿意一起离开的同伴……

我爷爷在爱情面前只是笨，却并不蠢，那一瞬间，他明白了许多事情。他踉跄着后退，手臂从莎莲娜手中挣脱出来，莎莲娜的指甲在上面划出了血痕。

"你，你不愿意吗？"莎莲娜的手停留在空气里，哀切地看着我爷爷。她的眼睛像是含了水，隔着空气，都能让我爷爷感受到温润的潮湿。

有那么一瞬间，我爷爷的心产生了动摇，他也想跟莎莲娜去游历星海，看遍宇宙的种种神奇。但是，芜星的生产还未结束，所有人都不能离开。我爷爷想起了他年少时候的那一幕，为了离开这里，他的朋友被活生生打死。那具尸体倒在我爷爷脚下的瞬间，勇气就抛弃了他。

徐家声那双如同沉郁沼泽一样没有生气的眼睛浮现出来，如同每晚的噩梦一样，在虚空中盯着我爷爷。我爷爷打了个寒战。

"不……我不能……"我爷爷嗫嚅着，像逃跑一样飞快地离开了莎莲娜的宿舍。

打那天起，我爷爷和莎莲娜的爱情之花就凋零了，它甚至还不曾绽放出芬芳。所有的爱情，如果想持久，都需要有共同的理想来维系。在当时，普遍的共同理想是建设好殖民星球，而莎莲娜的目标太高，我爷爷追不上。

我爷爷备受打击，心灰意冷，只得把精力放在工作上。那时候，他已经在生产队小有权力了，负责物资的运送。

星舰回归后，给芜星送来了技术员。那些穿白大褂的人在芜星的地表上勘探、取样，分析土壤溶液。不到一个月，就找出了饥荒的原因：芜星的环境拥有自我恢复能力，类似于负反馈调节，在经过九代人的改造之后，它开始了反击。芜星的土壤里突然多出了一种元素，能够精准地杀死外来植物。

人类科技的伟大之处在于：它可以征服那些反抗的星球。

技术员们修改了作物的基因，使其具有芜星本土作物的种种特点，成功蒙蔽了芜星的负反馈调节。

到了第二年，营地外，一片葱绿的作物漫山遍野地铺展开。

收成比往年翻了几番，粮食和其他农产品堆起来时，就像几座大山。我爷爷兢兢业业地清点物资，送上飞船，然后看着它消失在天际。

我爷爷的工作态度值得肯定，尽管占着肥差，却从不贪污受贿，一丁点儿错也没有犯。赵队十分满意，甚至想过在他退休之后，由我爷爷接他的班。

但我爷爷不开心。

我爷爷保留了他养猪时候的习惯，每天上下班时，都会绕道经过莎莲娜的宿舍。他看到莎莲娜的脸在朝霞和晚风中，她依旧看着天空，视线邈远，表情恬静。我爷爷在她楼下一次次走过，他仰望着她，她仰望着天，目光从未交会。

时间就在这些仰望中流逝。

三年后，我爷爷娶了那个魅惑过他的姑娘。到了这里，你要明白，我并没有打算讲一个缠绵悱恻的爱情故事，男女主人公彼此坚守，爱情在时间的河流里孕育出芬芳什么的……那都是小说和戏剧里的人物，愿意为了爱情牺牲一切。但事实上，我爷爷只是一个普通人，想过简单的生活，每晚有人可以拥抱，一起生活，生下孩子，继续将芜星改造成宜居星球。

而莎莲娜显然无法给我爷爷这些。我爷爷不能为她等待一辈子。

其实莎莲娜的生活过得并不好，她在营地里工作，既劳且累，总是形单影只。也有男人去亲近她，但最后都放弃了——没有人能够实现她逃离芜星的愿景。

只有我爷爷时不时地暗中帮她，送一些物资，或把自己的配额悄悄划到她名下。她知道这些恩惠来源于我爷爷，以她的处境，她不得不接受，但她无法向我爷爷表示感谢。很多次，她和我爷爷在路上遇见，都是面无表情，擦肩而过。

我爷爷也沉默。只是在错身的那一瞬间，他总是忍不住深呼吸。他的鼻子能闻到莎莲娜头发上的淡淡香味。

两年以后，我奶奶生下了我爸爸。当我爷爷捧着那幼小脆弱的身体时，忍不住长长地叹了口气，所有人都以为他是高兴傻了，乐极而叹息。只有我爷爷自己知道，他捧着儿子的那一刻，就要开始全身心承担起家庭责任了。他不能对莎莲娜再抱有任何幻想。

在当时，我爷爷的家庭简直是楷模，有大房子，有优渥的职位，而且父慈母贤子孝，人人称羡。我爷爷辛勤持家，白天工作，晚上照料妻子，只有在深夜时才偶尔发出不为人知的叹息声。

直到那一年的秋天。

那天，我爷爷刚把丰收的粮食装进飞船，看着飞船缓缓升空。通常情况下，飞船会穿越大气层，到达外空间，然后通过虫洞跃迁到星舰所在的坐标点。但这一次，飞船刚离开大地，就落下来了，一大片尘土飞扬，模糊了我爷爷的视线。

我爷爷感到好奇，但也只是远远地看着。他要早点回去照顾儿子。飞船的舱门打开，几个船员押着一个人影走出来，骂骂咧咧。许多人围过去，对着人影指指点点，船员见人多，声音越发大了。

"……幸亏我们船上有热扫描仪，开船前我检查了一遍，发现谷堆里有个人影……"船员得意扬扬地说，"按照联盟的法律，发现了偷逃的人，可以直接扔在外空间里，不负法律责任。这种人，总想不劳而获，不愿意付出，是集体的蛀虫！"

说着，他把抓到的偷逃者往前推搡，人群顿时发出嗡嗡的议论声。在围观者的缝隙里，我爷爷看到了熟悉的脸——莎莲娜。她被船员紧紧押住，面如死灰，浑身颤抖。各种各样的目光扫视着她，她低下头，凌乱的头发如瀑布一样垂下。

"是她啊。"有人说，"她早就想跑了，没想到今天终于忍不住，藏到了谷堆里！"

"是啊是啊，这种情况，要交给赵队。惩罚肯定少不了！"

"嘿嘿，好吃懒做就是这种下场……"

……

那天回到家,我爷爷一直魂不守舍。我奶奶让他盛饭,他应承了,却拿着勺子坐在门口发呆;我爸爸尿裤子了,他去拿衣服来换,却走到了院子里,在菜园里寻寻觅觅……

这种恍惚的状态一直持续到深夜,我奶奶已经抱着我爸爸上床休息了,窗外夜色浓重,风呼啸往来。我爷爷坐在床边抽烟,地上已经堆满了烟头,不知过了多久,他猛地一拍大腿,起身就往门外走。

"站住!"我的奶奶,我那从来都是温声细气温婉贤淑的奶奶,突然爆发出响亮的呐喊,"你不准走!"

我爷爷停下脚步,却没有转身。

我奶奶坐在床上,手攥着被子,青筋一根根都暴出来。她死死盯着我爷爷,一字一顿地说:"你不能去。你去了,这个家就散了。"

"我只是去……"我爷爷的声音很涩,像是吞了一颗苦果子,"去抽根烟……"

"你以为我什么都不知道吗?这几年,每次她有困难,你就拿家里的东西去帮她。每个月的配额那么少,我们俩都不够吃,你还暗地里转到她名下。"我奶奶扳着指头,把我爷爷拿给莎莲娜的每一样东西都如数家珍说了出来。

这个沉默的女人,将一切都看在了眼里,将一切都记在了心里。她花了好一会儿才把那些物资的名字说完,然后说:"我从来不跟你说,是因为我们是一家人,我总想着你会慢慢改,最后只对我一个人好。但现在,你一旦出去,这个家就完了。你就算不管我,也要想想你儿子。"说完,我奶奶狠下心,使劲拧了一把我爸爸的屁股。

我爸爸正在熟睡,被剧痛惊醒,顿时哇哇大哭。

我爷爷依旧没有转身,迎着风,一口气把烟抽完。然后他吐出烟头,大步走向外面,将我奶奶的啜泣和我爸爸的哭声扔在脑后。

我爷爷独自一人在夜色里不紧不慢地走着,黑暗凝重如铁,一重重压迫着他。到了关押犯错者的禁闭室前,我爷爷停下来,深吸口气,再吐出来,然后推门而入。

"是李哥啊。"几个看守都认识我爷爷,笑着打招呼,"都这么晚了,来陪兄弟们打牌消遣?"

我爷爷摊摊手,说:"一说打牌,我就手痒了。可是,赵队让我来把逃跑的人叫过去,问问她的情况。唉,改天再来跟哥儿几个玩几把。"

"好说,好说。"看守爽快地把钥匙递过来,让我爷爷去提人。

我爷爷押着莎莲娜,走到禁闭室外。"跟着我。"我爷爷低声说,"别说话,走路轻一点。"

他们没有走向赵队的住处,而是朝我爷爷上班的仓库走去。一路上,他们都低着头,路边的树木如同巨人在守卫,轮廓庞然而模糊,似乎被夜色融化了。

仓库的最里层，存放着一艘小型飞船，是紧急时用来转移重要物资的。它空间不大，只能容纳两三个人。我爷爷检查了一遍，确认线路正常、燃料充足，示意莎莲娜走进去。

"你呢？"莎莲娜走到舱门口，发现我爷爷没有动。

我爷爷摇摇头，说："我只能送你到这里了。"

"你不跟我一起走吗？"

"我还有家人。"

莎莲娜上前一步，抓住我爷爷的手，恳切地看着他的眼睛，说："什么都不要管了，跟我一起走吧。我知道你还喜欢我，我也会对你好的，我们一起去很多美好的地方。"

"我都快三十岁了，这些对我来说，已经很遥远了。"我爷爷再次重复，"而且，我还有家人。"

莎莲娜两眼通红，泫然欲泣。

正当两人僵持着的时候，外面突然传来了纷乱的脚步声。许多人在靠近——禁闭室的看守觉得我爷爷来得有些突兀，就给赵队打了电话，赵队一听，立马就想到了这个唯一有飞船的仓库。

"你快走！"我爷爷心一沉，急声说。

莎莲娜固执地摇头："不，你跟我一起走。"

仓库门被撞开，一群人冲了进来，领头的正是赵队。他已经年迈，但身形依旧魁梧，嗓门粗大，吼道："小李，快停下，不要做傻事！"

年少的阴影再次扑面而来,我爷爷这次却不再战栗,他坚定地摇头。"进去,不然就来不及了!"他将莎莲娜一把推进舱门,然后转身盯着闯进来的人。

嗡,飞船浑身一震,启动了。

"快,抓住他们!"赵队吼道。

十几个男人跑过来,我爷爷扛起一袋谷子,死命砸过去。他像疯狗一样嗷嗷叫着,冲过去顶翻了好几个人。但立刻有更多的人把他压住。

身后的飞船已经离地升起,左右摇晃着向仓库门外飞——莎莲娜只有驾驶的基本常识,并不熟练。

"把门关上!"

男人们立刻舍了我爷爷,起身冲向仓库门。我爷爷浑身瘀血乌青,却翻身而起,追上那些男人,专踢他们的腿,让他们一个个都摔倒。追到最后两个时,已经到了门口,我爷爷咬牙扑过去,抱住那两人的脖子。三个人一起滚倒在地。

那两人急了,想推开我爷爷爬起来关门。但我爷爷爆发了不可思议的力量,死死箍住他们,多重的拳头打在自己身上都不松手。

飞船跌跌撞撞地飞过来,穿过仓库门,进入了广阔的夜空。

"走啊,快走啊,你要自由,就可以拥有自由!"我爷爷声嘶力竭地喊,眼泪和血一起流下来,模糊了眼睛。多年前,他救那群猪时也这般呐喊过,只是,猪跑了还会回到猪圈里,而莎莲娜飞走之后，就会永远消失。

飞船的八台引擎全部启动，喷出来的离子束令四周灰尘弥漫。所有人都纷纷捂住了嘴巴，仰起头，看着飞船笔直而上，逐渐变小，化为一星光点，消失在亿万星辰里。

我爷爷这才松开手臂，像一摊烂泥似的躺在地上……

我爷爷八十二岁时，芜星的改造才结束。

当星舰派来的官员们仔细检查完芜星的各处，以七比二的高票通过芜星的结束改造申请后，整个星球一片欢呼。从此以后，芜星将正式成为人类联盟的殖民星球，在星际版图上，它会以绿色的标记来标明。

宣布那天，我爷爷正躺在病床上。我爷爷坐过十年牢，然后独自在破旧的宿舍里度过了一生，艰难劳累，疾病缠身，总是感觉浑身酸痛。到了晚年，他只有依靠药物来维持微弱的生命。

听到改造结束的消息后，我爷爷的呼吸急促起来，扭过头，看向窗外。

窗外，是改造过的明净天空，几行飞鸟掠过，留下清越的鸣声。高大的建筑群拔地而起，人工树林郁郁葱葱，清香扑鼻，阴凉怡人。看着这种景象，我爷爷很难回忆起芜星当年的贫瘠模样，他仔细思索，只能模糊地想到一个姑娘的影子。

他再也没有见过那个姑娘。

有人说她成功回到星舰里，钻进冬眠机，在青春永驻的睡眠里等待拓荒纪元全面结束；也有人说她没有回到星舰，而是在一个个殖民星球间游历，见识了种种瑰奇景象，最后累了，嫁给了一个愿意给她熬热粥的老实人；还有人说，她的飞船刚一到达芜星的外空间，就被陨石击中，船毁人亡，在群星间永远飘荡……

这些说法，跟我爷爷都没有关系了。

他下半生的整个生命，都用在了改造芜星上，正是一代代他这样的人抛洒着青春和热血，才使芜星的土壤肥沃起来，子孙后代才能富足安乐。所以他被我奶奶赶出家门，一生凄凉，孤苦伶仃，却总是能够找到活下去的勇气。

我爷爷死后，我亲手将他的骨灰盒放进公墓。这儿埋葬着几百万拓荒者的尸骨，每一个都有我爷爷这样的故事，只是我无法一一叙述。我爷爷在他们中间，将得到永恒的安息。

我离开墓园时，回头凝望，百万墓碑都在渐暗的天色里静默着，只有晚风在吟唱。

无法企及之地

人类传说

文／方润章

科幻
硬阅读
DEEP READ
不求完美 追逐极致

有关无法企及之地的传说,如今银河系里流传着多种版本,在一代一代的人口口相传的过程中,丢失了多少原始信息,还有多少真实成分,早已无从考证……

几个主流版本声称它就位于银河系中心黑洞里,但也有人认为它也有可能在银河之外……

17895年版本的《银河传说指南》第二册称那是一颗由湮金构成的星球,而一些没有出处的资料记载着那里存放着取之不尽的能源,只有少部分人认为上面用早已失传的语言凿刻了整个宇宙中最终极的知识,但更多人认为根本不存在这个地方……

只有极少数的亡命之徒,或者想要靠那里的科技一统宇宙的狂热分子,穷其一生,试图一点点揭开其面纱,找到它,需要整个家族世代的努力和一代人的运气……

尤其是,在这个人类日渐衰微的时代。

但它仍是无数人的共同幻想。

太空。黑、冷、无边,如同它的名字。

最后一般人类，驶在银河系第三旋臂，偏远，还在向着更偏远的地方驶去。

"妈妈，你看，星星！"

一旁的女人顺着男孩的手看过去，是群星。

"它们都会暗下来的。"

二百年后。

"飞行日志，星历20005年8月18日，我是方，从20005年8月4日至17日，完成了对银河第四旋臂F-233星系探索，该星系有1颗恒星，预计仍有30亿年寿命，质量为3.2个标准恒星质量。F-233有一颗固态行星，质量为3个标准行星质量。表面温度在800℃以上，无液态水，无稀有矿藏，无自然生命现象。"

这是一个很穷的星系，我想。除了一颗正值壮年的恒星，几乎没有任何价值，更不可能是我们一直寻找的那个地方。它的质量只有3个标准恒星质量，一个标准恒星质量是2.0×10^{30}千克，为什么是这么多，没有人说得清楚，既然是标准，那就照着用就行了。

"即将停靠在β-A233星，重力3.2，氧气含量20%，已获停靠允许。"

掌控飞船的AI名叫小戏，我起的名字。飞船的名字原本是船长起的，我嫌太复杂，只叫它"流离号"。飞船里会说话的只有我、小戏和船长菲尼克。

准确来说人类只有我一人,船长来自一个很遥远的星系,当然,他是个外星人,他也很少提起自己的过去。

银河系各个种族外貌差异实在太大,不同种族之间彼此难以接受,继而诞生了一种技术,通过干扰大脑处理图像的部位,将其他生物的外貌在脑内进行修改,使最后被感知的形象发生改变,这种装置被称为影像处理器,轻小易携,几乎银河系每个智慧生物都有一只。

船长的本来面貌原本有点像一只水母,但经过影像处理后,在我看来就成了一位年近半百的中年人,虽然稍显苍老,但仍然很精神。

"去酒馆喝几杯?"躺在旁边的船长问我,"酒不会让人变成废物。"

"你又不是人。"我故意这样说。

"只有人类才叫人?呵呵,过去成天蹲在港口收税的垃圾确实不能叫人。"船长猛地从地上跳起,我很担心他三米的个头会把旁边的设备撞坏,他俯下腰,把他的发声器官凑到我耳边,神神道道地说,"酒只会让你想起你是个废物。"

"有趣,强似放屁。"我无心搭理他,问,"小戏,这颗星球上有人类吗?"

"正在搜索,已查明,无。"小戏说,只有它在回答这个问题时我才觉得它格外冰冷,但我本来也不抱太大希望,的确,人越来越少了。

船长所说的酒馆，在这颗淡绿色的行星上，绿色的海洋、褐色的群山，从太空往下望去，就像仙女座的星尘。酿酒时加入这颗星球上一种名叫菁藻的植物，会使酒更加醇香，勾起人们对青草地的回忆。

　　酒馆的装饰很明显沿袭了人类时代的风格，很古典，空气里面没有很浓的酒味，倒是一种很清、很清的味道，有点像雪山刚刚融化出的冰水味，还放着各个种族的歌曲，有的邈远，有的激扬，我关掉了耳朵上的即时翻译器，听着听不懂的外星语，酒原是人类的专利，我们把它带到银河系各地，如今全银河系的生物都可以举杯邀月，都可以一醉方休。

　　"你是人类？"酒保问我。

　　"一只虫。"我心想，他的确只有虫大小，长着淡黄色的翅膀，我随即打开了影像处理器，将它改成了一个4岁小孩的模样。

　　"是，很久没见人类了？"

　　"是啊，听说很久以前这儿全是人呢。"他划出一个弹窗，应该是这个酒馆很久以前留下的影像，很多人在这里买醉，男男女女，很年轻，不难发现，除了酒馆的工作人员，其他的几乎都是人类。

　　"嘿，菲尼克，你又来了。"走出来一个长脑袋的外星人，大概是这里的老板吧，"肯定又挖到一大片的湮金了吧？"

　　"呵，就是一堆战舰的残骸，发动机这些部位被毁坏的差不多了，但应该还能卖点钱。"船长与他碰了一杯。

　　"才接了一单，运湮金。"那只外星人说，"是大单啊！

50g 湮金,足够在银河中心买一座 700 立方米的空间舱了。"

"湮金?运给谁的?"菲尼克问。

"你知道的,湮金,唯一的用处不就是储存黑洞嘛。什么疯子才会养个黑洞在家里的后院?"

"你是说……哎,越来越不太平了。"船长远远向我投来一个目光,"和平的年代快要和人类一样消失在书中了。"

"菲尼克,我很难理解,你是否打算一辈子住在飞船里,一辈子居无定所地漂泊。"

"你不明白,有的人,飞船就是他的家,漂泊就是回家。"

"你还在找那个地方吗?"

"那就看你如何定义寻找了。"船长又喝了一杯。

"等你喝完酒,"那个外星人露出一个微笑——一种畸形的、不友好的微笑,"还有人想找你呢!"

"那走吧?"船长远远看了我一眼。

我明白了,知趣地离远了他们。

酒馆的音乐又响了,这次有点熟悉。

平静、淡远,周围的一切都在淡远,在酒光里淡远,在清香里淡远,淡远成藻绿色的海。唯有星船在星云中渐行渐远。

女人拉着男孩儿说:"该去吃饭了。"

飞船的饭厅,灵感来自一种古老的风格,古老得人们不知道它来自哪里,金色的穹顶、典雅的吊灯,两壁是叫不出名字的油画——古老的绘画技法。尽管这些都是电脑虚拟投影出来的,但只要不去触摸,根本看不出这一切只是幻象。

一个男人走到礼堂中央,灯光骤停,全部打在男人冷峻的脸上。

"落叶归根!"男人的声音被放大,整个礼堂里所有人都能听见他的声音,但听到声音的大小不会因为距离远近受到丝毫减小。

"我想问各位一个问题,我们来自哪里?我们曾遍及银河各个角落,曾享受各个不同种族人的尊敬,曾仁慈地布施先进的科技,但在那之前呢?我们从哪里出发,我们又如何一步步走向银河?请问,有谁知道吗?"

礼堂里一阵嘘声。

"让我们看看银河系还给了我们什么吧!我们教那些外星人用核能发电,他们却用来彼此相残;我们教他们建造戴森球,他们却将恒星的能量收集起来摧毁一个个星球;我们教他们超空间跃迁,他们却用来远程投送军事武装;我们甚至教他们摆脱黑洞,可恶,他们却将生物投入黑洞无情摧毁……三百年前,他们合伙将人类逐出银河理事会,却忘了人类当初为了保障各个种族的权利,才以其铁腕建立了这个理事会。我们的尊严被践踏,我们的权利受到威胁,我甚至想起了上古时代的寓言——赛亚星的蛇与农夫的寓言,如今,赛亚星的蛇正试图将农夫赶尽杀绝！"

底下传来声声啜泣。

"同胞们！人类们！我们就要回去了！去一个没有欺诈，没有谎言，没有背叛的世界，我们的一些同胞已经在那里等着我们！三天之后，我们就回家了！"

那个男人竟然也留下一行热泪。

"妈妈，他为什么要哭啊？"

"因为，他很天真啊。"

一曲邈远的歌谣。

忽然间醒了。我已经在"流离号"上。

"星历20005年8月19日，早上好，方！"是小戏的声音。

"船长？"我慢慢试着站起来，看见船长在驾驶室上看着一堆星标，旁边还放着昨天吃了一半的尔斯星糕。

"孩子，这可能是我们的最后一站了……"

他的眼里露出光。很难想象这目光是如何被图像处理器处理的，那种光，像飞了很远的鸟看见了目的地，像沙漠里的人看见了海市蜃楼，像将要被处死的犯人看见远远跑过来的法官……一点痴狂，从眼睛里的血丝中传出来，我突然惊叹于图像处理器居然能模拟出如此细腻的眼神。

"你是说……"我从未见过那样的船长，他应该临危不乱，面对任何情况都波澜不惊。

少年时我曾在虚无中流浪。

几度与黑洞擦肩而过……

数次在绝对零度和上万度高温下，将生命完全托付给周围的仪器……

曾……

这样一边流浪一边休眠的日子度过了两百年……

直到，遇到船长。

他是真正的冒险家。他一直在寻找那个传说——那个无法企及之地，为什么？我从来不问，他从来不说。

"那我们现在是去哪儿？昨晚那个人跟你说了什么？"我问。

"那颗星球，那颗传说中的星球——无法企及之地。"

果然。我心想。

"哦？会不会又只是一个自称找到那里的狂人？"

"不会，没错，也只能是那里了，该死，我以前怎么没想到！"

我还想再问，船长摆了摆手。

"换船。"他说。

换船？换什么船？迷惑之时，小戏打开了飞船的侧窗。

外面却是漆黑一片，没有星光。抬眼一望，才发现是一艘星舰，上面印着一行文字——居然是人类文字，写的是"YW公司"，YW？有点熟悉，诶？不就是生产图像处理器的那个公司吗？所以，这家公司的老板是人类吗？

"欢迎来到'旋臂号'！"

一声毫无感情的机械声。

"欢迎您，菲尼克船长！"迎接我们的，却是一个外星人，长得矮小，耳朵特长。

"可以叫我戴森，我是这艘飞船的主人，别看它很大，但只有十来个船员，这里大部分工作都由 AI 控制。"戴森微微一笑，"我们进来说吧。"

会议室里，那十几个船员已经坐了好一会儿，清一色的外星人，有的甚至要泡在某种液体里来参加会议。

"这位是菲尼克船长，这位是方。"戴森为我们介绍。

"先讲一讲目前的情况吧。"戴森接着说，"根据很多很多文献，甚至综合了一些民间传说，我们已经大致了解了那个无法企及之地的位置。"

船员们纷纷点头示意戴森说下去。

"它就在我们所处的银河系第三旋臂内，就在猎户座内！"

场下一阵嘘声，谁都知道，猎户座是最接近中心黑洞的星系，一旦迷失方向或者跃迁失败，很容易落入中心黑洞，再也出不来。

"这里十分荒凉，搜索难度也很大，我们毕竟不能把几千几万个恒星系一一搜查到。何况,这里尤其接近中心黑洞。但是,在这个荒凉的地方,却发生过一件非常奇怪的事件!"戴森的声音明显提高了,也引起了我的兴趣,"二百年前,我们人类的一艘飞船曾在这里受到当地政府武装的不义围剿,没错,你们不知道,嘿,那只抽烟的赫尔星佬,说不定你祖宗也曾参加过呢……"

不义围剿?从未听说过。但,为什么?

"据我掌握的资料,当时人类只有一艘船,那只是一艘民航船,几乎没有任何自卫能力——但,理事会却安排了三百艘——也许更多,来围剿这一艘飞船。当我们的飞船进入他们的伏击圈后,立刻遭到疯狂攻击。这件事情有很多疑点:第一,为什么一艘大型民航飞船会飞到如此偏远的角落;第二,理事会是如何得知此事的,为什么——这个问题很关键——为什么动用如此大的军事力量来攻击人类的民航船;第三,最为费解的,但这似乎也能对先前的问题做出一点解答,为什么那艘人类民用飞船受到重创之后,居然还能从中突围出来,继续航行?第四,那艘飞船究竟去了哪里?"

"为什么说那艘飞船从中突围出来了?"一个船员问道,他像极了一只巨型蜜蜂。

"我们惨败——这是那次行动失败后一个将军向理事会的汇报。"戴森说,"这也是我能找到的唯一关于战争结果的汇报。"

"还有三日!也就是星历 20005 年 8 月 22 日,我们就要到达那处袭击的残留地了,明天诸位可以自由行动,一旦发现成果,立刻向我汇报,做出重大贡献者赏 2g 湮金。"

2g 湮金!那我三日之后要是有重大发现,我下半辈子是不是可以金盆洗手回家种田了?

"最后一个问题,为什么理事会的人不来打扫战场。"船长沉静下来了,眼神给我一种捉摸不清的沉稳。

"因为,来打扫战场的人,没一个能回去的。"戴森嘴角戏谑地翘起。

原来,这 2g 湮金,要靠命来换。

"快走!"

男孩透过舷窗外望,黑的太空被点燃了,火焰的魔鬼在太空的幕布下放肆,身后飞船的走道里传来尖叫,可以想象,人流在通道里面低效率地攒动,无数人争抢着为数不多的逃生舱。

"妈妈。"男孩仍然望着窗外黑压压的敌舰,以及烧起来的船身,"我们不走吗?"

母亲表情却无丝毫波澜:"我们选择尊严,儿子。"

"请舰长夫人和儿子赶快到三区登舱!"一个人类士兵推门而入,慌乱地喊道。

"去吧。"母亲看着窗外,有很多光,各种颜色的光,她知道这意味着一次次高能粒子预热产生的巨大能量。

"慢着。"母亲突然说。

母亲从抽屉里拿出一支针管。

"这是?"士兵问。

"这是家的记忆。"母亲看着男孩,远处爆炸产生的火光在男孩脸上明灭交加,她缓缓在男孩身上推入注射器。

"妈妈?"男孩的眼睛恍若繁星般明亮。

士兵抱起男孩,没有多作停留,匆匆带着男孩跑离房间。

"你会慢慢想起来的。"男孩已经离开了她的视线,她像小声嘀咕一样说出这句话,轻轻拭去了眼角的微光。

吵闹的人流。

"星历20005年8月20日,欢迎您,方!"

"方,奇怪……怎么会呢?"船长坐在一旁,嘀咕道。

"怎么了?"

"我们……已经到了。"

"到哪儿?"

"废墟。"

我打开舷窗,只见黑压压的残骸。

"请所有人到会议室!"面前突然跳出一个弹窗,上面只有这一句话。

会议室。

"诸位，我想问问大家，我们本来会在22号到，谁能解释为什么20号就到了？"出现这种事件，戴森显然不淡定了，"昨晚大家都在做什么？！"

"我在睡觉。"一个船员道。

"我也是。"另一个说。

"我知道，今天一早我就从监控里看到了你们昨晚的状况，事实上，我也睡着了。"戴森说，"可谁能解释，我们几乎都是在10点同时——无论当时我们都在干吗，都像一头赫尔辛猪一样倒下睡着了。"

"会不会是飞船的时间受到影响了？"一只外星人说。

"头儿，真邪乎。"另一只外星人说。

"不邪才怪呢，你以为我们是去哪儿呢！你要知道，如果判断正确，我们现在所处的地方是传说呢，传说你懂吗？"我说。

"对，这才说明我们来对了。"船长说，"还是赶快开始吧。"

"方船长、氕、氘、氚一组。奥、梱、琋，二组。汨罗、白、彬，三组。"戴森冷冷地说，"今晚12点前必须回来，若不回来，视为死亡，我们不会等你。"

我抬眼看着那三个分别叫作氕、氘、氚的外星人，很有趣，他们是气态的，就像三堆烟，唯一的区别是气体中一个宝石状的黑团数量，我想那应该是他们的感光器官，分别有一团、两团、三团，也许这就是氕、氘、氚名字的由来。

"我们还是变成人类的形状吧。"氕说。

"我们为什么不变成船长的形状?"氘说。

"我觉得,这样不好吧?还是一团烟更自在。"氚说。

"一个属于天空的种族。"我想。

"该我去开飞船了。"氘说。

"不,我们的气态飞船不适合人类。"氚说。

"还是我们的'流离号'吧。"我说。

外面无疑是上帝的手笔。

很难估计到底有多少星舰的残骸在我们周围,与它们的残骸相比,我们的小小飞船只能算是一只不大的飞虫,残缺的战舰,一直绵延了半个恒星系,庞大的躯壳甚至掩盖了恒星的光辉。航行在巨大的残骸间,周围有无数的碎片,大部分已经在数百年运动中相撞过无数次,每一次相撞又产生新的碎片,一张床那么大的碎片,也许仅仅只是一张床那么大,但在高速运动中却蕴含了巨大的能量。

"出于安全考虑,我们目前仍在废墟外围。而交战的核心区域,距我们大概有 0.5 个天文单位。"氘说。

"我们应该去里面看看!"氚说。

"慢,别急。"氘说。

"我们先去其中一艘舰船上看看吧,最好是翻看当初的航行日志。"我说,离我们不远处,有一艘只剩一半的飞船,似乎是被拦腰折断的,中间断开的地方有很多平面,只是各种电缆外壳断裂的参差不齐,但应该可以停靠。

"小戏,寻找登陆点。"

飞船缓缓推进,又平稳地落在舰船的残骸上。

"我们下去看。"船长说,"小戏,注意周围的环境。对舰船进行扫描。"

我、船长、氕、氘和氚,慢慢走下飞船。没有光,面前是漆黑的一片。

"舰船共29层,目前在13层,疑似船员的寝室,无生命迹象,有微弱放射性,中央电脑在24层,指挥室在25层。"小戏给出扫描结果。

"哪里能上去?"船长问。

"前方200米,左侧第一个是固态生命通道,第二个是液态生物通道,第三个是气态生物通道,第四个是电磁……"

"开灯。"

一行微弱的灯光,照亮了幽深的通道,看不到走道尽头,两旁都是一模一样的门。

"这是备用电源。"船长说。

"可是……"我问,船长是如何知道这些船有备用电源的,而且,经过几百年了,备用电源又储存了多少电量?

"别吃惊,飞船都会有这么个东西。"船长说。

"嘿!看看我找到了什么。"氘说,他已经飘入其中一个房间,从里面把门打开了,手上拿着一小块芯片。

"船员的飞行日志。"氘说,"很显然可以打开。"

"那,快打开啊!"氘说。

"我觉得……这样不好吧?"氚说。

优柔寡断,我想,并说:"小戏,读取它。"

蓝色的微光从芯片上放出,3D投影出这里的船员留下的影像记录,蓝光闪闪烁烁,不太稳定。

事件终于漏出一点轮廓。

星历19792年8月14日,我是舰队"远洋号"二级列兵,编号230013,今天是我们启程的日子,一旦这次行动成功,将是银河史上的大事,一定会被载入银河史册!恕我不能再透露更多,愿母星永远保佑我们。当然,今天应该是我儿子的生日,祝他生日快乐,他会为我骄傲的。

从15日到18日,这个船员主要记载了一些琐事,如任务途中经过的美丽星系,或者结交的外星朋友。与那次任务关联不大。

星历19792年8月19日,我们已经在这里准备充足,预计3日之后就会开始行动。愿母星保佑。

星历19792年,8月20日,我们即将伏击的船与我们只剩6光年的距离,我已经迫不及待了,我们很快就能真正独立了!愿母星保佑。

星历19792年,8月21日,最后一天,真是奇怪,最新情报表明只有一艘运输船需要我们拦截,但我们却派了三百多艘飞船,母星,是你在暗中保佑我们吗?

下一段，这个船员的语气明显变了，但他也在尽力安抚自己的惊讶。

8月22日，奇怪，真的是太奇怪了！那艘飞船突然消失了？但这里没有任何的跃迁痕迹，这里根本没有跃迁的轨道！在另外的维度里面也没有找到他们的痕迹，我们都很担心白来了，元帅和将军正在讨……

红色警报？嗯？发生了什……

这时，窗外来的一道白光盖过了一切，白光褪去，这个士兵已经消失了。

众人陷入沉默。

良久，"你发现哪些疑点？"船长问我。

"很奇怪，"我尝试组织语言，"在这个船员看来，他们的这次行动是光明正大的，从他的语气来看，就是'一旦成功，就会载入史册。'但我们都知道，这是一场伏击战，针对的是毫无还手之力的人类，毫无正义可言。"

"愚蠢的指挥官！明明只是伏击一艘民船，为什么要派那么多星舰！正如他所说，直到预定时间前一天，他才得知只是伏击一艘民航飞船。"船长突然激动了，"这个指挥官仅仅是为了排场，就派那么多星舰过来白白送死！"

"也有道理，那他说的'真正的独立'是什么意思？"我问，"人类还压迫过他吗？"

"没有吗？！"

船长反问得令我猝不及防。

"当然没有了,我们一直追求银河系各类文明的平等。科技上,我们给他们传输技术;政治上,我们建立银河理事会,赋予他们权力;我们还带他们走出愚昧,接受艺术的熏陶!"我这样回他,真正应该羞愧的是这些接受人类帮助的外星人,拥有力量后却反戈一击——反戈一击这个词似乎不太准确,但他们的确是这样做的。

"不过是你们的一厢情愿罢了。"船长的话突然好冷,"技术?就拿我们出发前喝的酒来说,你们在一些星球上广泛地种植酿酒植物和酿酒,雇佣当地的劳动力为你们工作,将那里完全变成你们的原料生产地,再高价卖给其他星球,牟取暴利。"

"可……"

"银河理事会更是扯淡,你们拥有唯一的一票否决权,维护自己的贸易,却对其他种族间的贸易收取高额赋税。"船长的语速越来越快了,"至于当初你们是如何妄图以铁腕在银河系中试图统一文字的,就不用我说了吧。"

"船长,你,怎么了?"一个船员问。

船长沉默了。

我关掉了影像修改器,只看一眼就能发现——原来——刚刚那个船员,与菲尼克是同一个种族的!

我很难判断船长和那个船员之间的关系,其实我觉得只要是同一个种族的外星人都长一个样……这,好像叫作跨种族效应。他们，不会真是父子吧？几百艘飞船，上万名士兵，如果真是巧合……

"别问了，氕，氘，氚呢？"船长慢慢抬起头，诶，他们三个呢？

"船长，方，快回飞船！"是氕传过来的消息。

我回头，那三个已经在我们的飞船里面了，怎么跑这么快，才搜了一个飞行日志呢。

"快！"氕催促。

一种不好的预感，船长飞奔，反应这么快，刚刚不是还在怀古伤今吗？

"快！"

干吗这么着急啊，我把芯片收进衣服里，也走向飞船。

"你在干吗？看看身后！"船长提醒，他已经快跑到我们的飞船附近了，而我还有两百来米的距离。

"身后？"我回头。

一道耀眼的白光。

我的眼一下子看不见了。可恶！哪里来的光！这是不是和那个飞行日志上记录的一样的光？

好像有一只手牵着我，在向后退。好像是，一双人类的手！但船长、氕氘氚都不是人类啊，戴森还躲在母船上啊……

我肯定是死了，都有幻觉了。

一颗赤红的恒星，燃烧。

物质开始聚集，陨石彼此撞击，融合。

闪电，最初的海，最初的有机体。

八颗行星，前四颗固态，小巧玲珑。后四颗气态，一颗拥有美丽的星环，那是无数的陨石碎块和固水，一颗掀起滔天的风暴，风暴像一只眼，投以宇宙永恒的凝望，另外两颗则拥有深蓝的肌肤，深邃，但也孤寂。

所以他们都不如第三颗美丽——那是生命的初始，诗的初始，群山的生命，海给森林写的诗。

生命来自海洋，走向森林。拾起树枝、石块，闪电向天神盗取火焰，用泥土捏造上帝。

他们终将目光投入星空。

醒来时，我浸没在一种蓝色的、黏稠的液体里面。

透过这液体，不错，这是我们的飞船，船长、氕、氘、氚都在这儿。只是，旁边坐着一个男人。

"他醒了。"氚说。

液体似乎很通人性，我几乎没有用力，却在慢慢浮起。

"哎呀，小兄弟，我们真是有缘千里来相见啊！"那是一个人类男人！不，奇怪，他怎么是蓝色的皮肤？他拥有人类的外形，皮肤却是蓝色，表面还有很复杂的花纹，"叫我伊文就可以啦。"

这个男人的热情让我有点不自在。

"方,你醒了。"氘说,"是路亦把你救上来的。"

路亦是谁?

后面的那堆液体慢慢立直,变成了人类的躯体,又慢慢分化出五官,四肢,变成一个五官十分精致的女孩子,只是身体仍是蓝色,还是透明的。

"别奇怪,我们种族都可以随意改变外形。"路亦说。

"我们也能!"氘说。

"那这个,伊文,你又是怎么回事,还有现在什么情况,你们俩又是怎么来的?"我问。

"小兄弟,我们也是一头雾水啊,我们到这儿明明主观时间上已过去几个月了,但是电脑显示时间才过去几个小时!你有表吧?你也看看啊。"伊文说,"这是我妻子,不知道为什么,跟她在一起久了,身体就变成这样了,是吧?"

"嗯。"路亦说。

很邪门,我想,他俩是干啥了啊,一起久了连身体颜色都会变,还有,这里几百艘飞船他们去哪里不好,偏偏和我们撞上了。

"你最好过来看看这个。"船长说。

我走近舷窗。

似乎什么都没有,刚刚舰船的残骸全部蒸发一般消失了。

只有一艘民航船，上面印着"humans"（人类）的图标，应该就是两百年前人类航船的样子，幽灵一般在死寂里航行。

太空被点燃了！几百艘舰船退出了隐形状态，高能粒子在彤红的枪管里加热了。船舰排列成一个球形，此时从民航船上望出去，无论向哪个方位，抬头或低头，都是看不见尽头的船舰。

民航船无路可逃，都被船舰堵住了，几百束高能粒子一齐以光速指向民航船，产生的白光远超恒星的光芒，足以使任何一个普通人类眼睛失明，其中，有一个方位的粒子炮径直穿过这个恒星里的一颗固态行星，那颗行星立刻四分五裂，赤红色的行星碎片恰似一堆散落星尘的血液。

白色的死神以光速挥舞着镰刀，即将砍下人类的头颅。

民航船突然蒸发了。

好像掉入了另一个空间，但它就是消失了！毫无征兆地消失了！

刚刚的高能粒子束却无法撤回了，指挥官突然明白自己犯了银河系中最愚蠢的错误，害得无数的士兵冤死他乡。

相当于这个球状阵列对应两点上的船舰，在开着高能粒子束对轰。

为时已晚，两束粒子束对撞在一起，无数组粒子束对撞在一起……

"快跑啊！你们在干吗！"我喊道！

"别急。"氚说。

巨大的能量冲击对我们没有一点影响，我也没有再次陷入黑暗。

白光褪去，太空又恢复死寂，只有星舰的残骸孤单地飘落。

"最近几天，这画面一直在不断重播，"船长说，"像梦，但又那么真实。"

"船长，你这么说还不准确，这个东西重播了几个月了。"伊文说，"小兄弟，你想知道今天是几号吗？"

"几号？"

"咳咳，今天是星历20005年8月21日晚11点40分！"伊文漏出一个诡异的笑容。

"所以呢，很奇怪吗？"我问。

"嗯？"伊文好像很疑惑，"你们，不会是21号才来的吧？"

"正是如此。"我答。

伊文眼睛里闪过一缕错愕，却又被惊喜替代。

"小兄弟！我之前说了，我们到这儿几个月了，但客观时间流逝只有几个小时，结果你们一来，这个时间流逝又恢复正常了！"

我看船长的反应，他轻轻摇了摇头，显然也不知道伊文的话可不可信。

"刚刚你说你们几个月之前就到了，但是客观时间只过去了几个小时，对吗？"我说，"所以你们到达的时间是什么时候呢？"

"8月20日,但是,我们的确在这里度过了几个月,虽然,我无法向你们证明。因为这完全是我们的主观感受,我能说明的是,我们往往一觉醒来,发现时间才过去了几秒钟。"伊文说。

"所以,如果今天过去,我是说到达21日,会发生什么呢?"我问。

"不知道,情况可能有很多种。"伊文说。

周围很安静,我看见路亦以人形站在舷窗内,恒星的红光打在她脸上,别样的好看。

窗外,借着恒星的光,似乎有什么东西在飞过来……

"快!"我指着窗外的那个物体,那是一个巨大的飞船残骸,肯定比我们的飞船大,无疑会把我们撞成碎片。

"别一惊一乍的,小兄弟。"伊文点起一支烟。

那个碎片就这样穿过飞船,穿过每个人的内脏,穿过我的大脑,又幽灵一般离开,却没有一点影响,就像人们相信的鬼怪,可以随意穿过物体,却不会对人造成影响。

"那玩意儿大概每二十根烟来一次。"伊文说。

我看见满地的烟头。

"你应该试试,来自奥林匹斯星的烟草,全银河系第一!"伊文说。

我突然想起船长的那番话,这烟草,应该也是人类殖民时带过去的。

"现在是 11 点 57 分,还有三分钟到下一天。"氕说。

"别激动,那不会是什么好事。"氚说。

"船长,飞船燃料很可能不足以回航了。"小戏的声音。

"联系戴森。"

"联系不到,先生。"氕说。

"最恐怖的是,如果伊文所说属实,可能戴森他们的时间流逝速度和我们不一样,或许,他们早就因为没有等到而判定我们死亡,甚至离开了⋯⋯"这种可能性,也不是不存在。

"我已经找到我找了很久的东西了,只是可惜了你们,哎,方,我对不起你⋯⋯"

"大叔,别那么着急啊,还没到遗体告别呢!"伊文说,"不过好像还有一种方法。"

"没错,据监测,这个恒星系原有八颗行星,一颗因为两百年前的行动被摧毁,而第三颗行星的卫星上仍有大量的氦-3,可以使用飞船备用的核聚变引擎,预计七百年后会到达最近的跃迁点⋯⋯"小戏说。

"七百年?还不如说等我死了。"氕把自己的身体变成了一个感叹号的形状。

等等,八颗行星?那个梦境?

"只能这样了,四十秒钟后,就是 21 日,如果周围没有新的事情发生,我们就去开采氦-3。"我看着时钟上那个不断流逝的数字。

路亦仍然盯着远方,一言不发,很难想象她和那个热情得过分的男人是怎么走到一起的。

"还有8秒。"小戏说。

"愿母星保佑。"氕、氘、氚说。

"7秒。"

"母星保佑。"船长说。

"5秒。"

"大家闭眼。"我突然闪过这样一个念头。

"别那么严肃嘛……"伊文。

"1秒。"

"星历20005年,8月21日,欢迎您。"

周围一切都在慢慢褪去,意念在风中凝滞。

飞船逐渐肢解。

脚下生出泥土。

头顶冒出太阳。

天空吐露鲸白。

森林、海洋,万物生长,落花三寸深。

这是一颗行星的表面。

"小戏!我们在哪儿?"我问。周围的一切都太不可思议了!

"它在飞船上,别看了,小戏不在这儿。"船长说,"不难猜,我们很可能就在刚刚那个恒星系的一颗行星中。"

"第三颗。"路亦说。

"方!快过来!船长不行了!"氘喊道,"你们的防护服都消失了!"

船长!他的皮肤逐渐变紫,呼吸也越来越微弱。

"方,空气,有毒!"船长断断续续说出这几句话,"快走!"

有毒?诶,我的防护服也消失了,但我怎么一点事情没有?可船长越来越虚弱,身体的光亮也越来越暗。他不适应这里的环境!

"没,没事,没事的。"最后的最后,船长说,"已然满足。"

"他会变成星星的。"氘说。

我不愿他变成星星,太空太冷了。

船长走了。

如此突然,谁能想到,谁能接受。好像赛亚星的鱼卡在了脖子里。

"为什么我们没事……"我问。

"我们是气态的,无所谓环境。"氘说。

"的确很凑巧,但我们似乎很适合这里的环境,只有船长无法接受这里的环境。"路亦说。

"不,太凑巧反而才是一种必然。"伊文突然认真起来,眼睛格外的深邃,"当初那艘民航船航道如此偏远,为什么?和这里有什么联系?"

"所以,你的意思是那些人准备在此隐居避世?这是人类建造的最后栖息地?"氕说。

"很有可能,问题是,我们现在怎么做?"氕问。

"氕,氕,氕,你们去这颗行星表面看看是什么情况,我觉得,最好还应该在这里再等一天。看看,22号还会发生什么。"伊文说,"等等,我突然想起来,小兄弟,刚刚倒数那阵,你叫我们闭眼是什么意思?"

此人心思缜密,我想,他俨然成了这里的老大。

"我只是突然想到,根据量子的不确定性,如果需要发生点什么奇怪的事情,可能就需要我们把眼睛闭上,放弃观察。"我说,"当然,这主要还是直觉。"

"那我们为什么不靠这个回去?来,所有人眼闭上!"伊文说。

我刚想劝他别太当真,但也没说出口。

"3,2,1,闭眼!"伊文喊道。

我们没能回去,但眼前的世界又一次发生巨变。

眼前突然出现了很多人!是人类!

"搬去那边!你!这边!"一个人类喊道,他穿着一件铁片组成的衣服。他所指挥的，则是一大群身上几乎一丝不挂的其他人类。

那些被指挥的人类将很多很多的石块，推，拉，扛，从山底运到山腰。

"快点！"那些穿铁甲的人挥舞着鞭子，劳力们汗如雨下，却不敢休息。

他们为什么要这样，这样低效地搬运石头有何意义？穿铁甲的人为什么可以指挥这些人，这些人为什么不反抗？

一块一块的石头被搬上山顶，一批一批的劳力永眠于山腰。效果似乎明显了，石块被搭建成城墙，横贯山川之间，绵延千里，傲视苍生。

更多的铁甲人来了，他们日日夜夜地在城墙上巡视，监察，似乎在防备着外来的入侵，一批一批的青年来到这里，厮杀，奋战，直到变老，赢了一场战争？输了一场战争？没有区别，都长眠于城下。

最后城墙外和城墙内的人达成了和解，城墙也失去了当初的作用，逐渐被风霜侵蚀。

有何意义？当初耗费那么多的人力物力，在当时的生产力下建造这样一座墙根本就是自取灭亡。最后那墙还不是没有意义了，还不是被人遗忘了！

"很明显。"氘说。

"的确很明显。"氘说。

"这是你们人类最初的地方。"氘说,"也许你不愿意接受,但是可能狡诈的人类最初就是这么傻。"

"不,我接受。"我说,"我们再来一次。"

"3, 2, 1。闭眼。"我说。

万物皆变。

广场。

凌晨,塔楼上一声钟声划破夜空。传进千家万户。

"烧死他!魔鬼!"人群疯狂地喊道。

被吵醒的老妇人打开窗好奇地观望。

柱子上的火烧的通红,简直要取代整个星空。男人轻轻抬头,仰望前方,心里还在暗暗计算某个数据。没错,地球确实是转的,这毋庸置疑,想到这个,他笑了。

"黑暗即将过去,黎明即将来临!"

熊熊火光印在男人刀削斧劈般的脸上。

"去死吧,你个坏蛋!"躁动的人群里一个男孩这样喊道,把一棵蔬菜狠狠地砸在那男人头上。

教堂。

"罪人伽利略，朗读你的忏悔书，乞求上帝的宽恕！"

这个古稀老人患有严重的关节炎，他下跪一定十分不容易。

"我，伽利略·伽利雷……当我听到有谁受异端迷惑有异端嫌疑时，我保证……"

"说下去！"

"我，一定向神圣法庭、宗教裁判员或地点最近的主教报告……"

他终于读完这份忏悔书，头低着，双手贴紧了地面。

"然而此刻地球仍在转动……"

老人极小声地嘀咕道。

我沉默了。地球？这个古老的词汇，念起来不太顺口。这是这颗星球的名字吗？它不是使用字母编号吗？

"方，恒星已经挂在正中央了。"氘说。

"我有一个想法——"氘说。

"很多历史学者认为，最初人类殖民时，肯定把一些习惯，或者传统带到整个银河了。"氘说。

"比如，一个标准天文单位，一个标准恒星质量，就像你能解释为什么一小时是3 600秒，一天分为24个小时吗？"氘说。

"那么我们现在所有的证据都在说明一件事——这里是你

们人类最初的地方。这样来说,恒星升到天空正中心的时间,四分之一天,很可能现在过去了4个小时。"路亦说。

"我们还继续吗?"我问。

"继续。"伊文说,似乎他们都听命于他。

"3。"氕说。

"2。"氘说。

"1。"氚说。

一个窄小的房间,只有一盏灯,房间的主人似乎很偏好阴暗,很少拉开那1平方米的窗帘。

很古老。整个房间只有桌上一台黑色电脑,极小,轻薄,能装在包里,这个房间不由中心电脑控制,这种古老的房间实在少见。

一个头发半秃的人坐在电脑前,出神。

房间外传来敲门声。

开?不开?这是个问题。

秃头那人突然想到一个问题,假如他是世界上最后一个人类,那他该开还是不开呢?既然自己是最后一个人,开门之后看见的也只能是来自未来的自己了,所以,时光穿梭?超越光速?

敲门声更大声了,秃头人停止思绪。

呼,还好开门看见的不是自己。是一个很魁梧的男人,没错,是他——军方的代表。

"博士,如果打扰到您,我们可以改天再聊。"男人说。

"如果真的可以改天聊,那你刚刚就该走了。"博士说。

男人本想坐下,但发现这不足50平方米的空间杂乱无章,四处都是东西,难以下足。

"不好意思,没想过会来人。"博士说。

"我们还是切入正题吧。"男人抽出一支雪茄,"刚刚您在大会上提到有关殖民的几个问题,我想请教。"

"说吧,"博士皱了皱眉。

"您刚刚说,人类太空殖民的最大困境,不是技术上的。"

"的确,从宏观角度上来看,所需的技术都能在两百年内一个接一个地突破。"

"您还认为,人类太空殖民的最大希望,不是政府。"

"对,事实上,这些资金大多投入地毫无价值。只是白白拿去养宇航员了。"

"那么请问,"男人把烟吐出来,"您认为,最大的困境是什么呢?希望又在哪里呢?"

"将军,你是否认真思考过20世纪初的西欧,一块不大的土地,是如何操纵整个世界的?"博士说,"最初,是因为商道受阻,不得不开辟新的航道。

"然后,它来自一个共同幻想,那就是东方有遍地的黄金,共同幻想的力量比我们想象的强大,在这个共同幻想的驱动下,无数人——以哥伦布为例,都为之做出了巨大贡献。共同幻想可以调动巨大的资源,就好比远古时氏族的家长,要号召人们去打猎,他说森林里有兔子和说森林里有仙女,两种说法能调动的人力资源是不一样的。

"此后,是欧洲商人发现可以从中牟取暴利,而且相当稳定,除非遭遇重大变故,不然就是稳赚。这些三角贸易、远东贸易,都主要由私人船队完成。

"当然,我们也可以看到政府的作用,但大多数时候只是在推波助澜,哥伦布或其他人总能从其他地方得到资助,英国女王也放任她的子民像海盗一样到世界各地殖民。

"所以实现殖民需要的主观条件已经很明显了:1. 需要有必须进行星际殖民的理由。2. 初始阶段需要很多人对它有美好的共同幻想。3. 需要从中获得实际的利益。4. 需要民间企业的活跃。"

说完这些,博士脸上露出一个满意的笑容。

"博士,我明白,这些问题应该由史学家来回答。"将军说,烟头在烟雾中,像一颗模糊的星星,"我被要求请教您,需要哪些技术上的突破?"

"这就属于客观因素了。我们同样类比历史。"博士说,"如果哥伦布到达美洲后,一船人被美洲人的洲际导弹两下打死,后面肯定也没有欧洲人的事了。这方面,高能粒子束,可以考虑。

"其次是速度,如果我们航船的速度被光速限制,去最近的恒星系都要4年，那我们还是老实待在家里吧。最近国际上在研究的数字引擎，以及跨维度旅行，都有希望解决这个问题，当然，把物体拆分成无数原子，通过量子纠缠原理在目的地重新拼接，也是一种思路。发展到最后，如果我们最后证明宇宙是离散的，那么也许有一天能够像剪辑师一样切割、拼接、重组时间和空间，但这些都是上帝的工作了。我只是提出一种可能。

"第三是航道，必须安全、可靠、高效，需要避开中途的黑洞。当然，也可以考虑利用新发现的浬金来控制黑洞，将他们从航道中剔除出去。

"最后是贸易模式，当初的三角贸易，出口工业制品，进口初级作物，中途还会买卖黑奴使得每次航行的利益扩大。我们应该想想我们能卖什么，又要买什么。

"综述，客观条件也有四个，武器、速度、航道、贸易模式。我认为贸易模式最为关键，刚刚说的主观条件也有四个，民间企业的活跃应该最关键。不难发现，客观条件彼此独立，互不干扰，而主观条件则环环相扣，先有殖民需要，再产生共同幻想，由获得的利益带动民间企业的活跃。而主观条件又能大幅促进客观条件的发展，我这么说起来有点像史学家，但物理的确并非我的最爱，当科幻小说作家才是我的初衷。"

"感谢您，博士。"将军说。

"我把它称为殖民八前提，我更希望它以后以我的名字命名。"博士说。

"会有机会的，博士，最初原子弹在中美两国都是由一个科学家和一个军人的组合开始的,我想我们也能造就那样的辉煌。"将军把烟丢入垃圾桶。

"如果你是说它的罪恶程度的话,那殖民和原子弹还有一拼。"博士哼了一声,"另外,这间房里面没有换风机,请你注意。"

"呵呵,您真幽默。"将军走出房门时说。

如此露骨地讨论殖民这种话题,我实在不敢苟同"造就那样的辉煌"这个观点。

"别停!"伊文喊道,"继续!3,2,1!"

他到底想看什么?

"那是一颗由钻石构成的星球!"回航的宇航员这样说。

人群开始欢呼,透过宇航员面前无数个电子屏,他知道此刻正有无数人在看着他。

"还有一颗以稀土为主构成的星球!"宇航员继续说。

宇航员眼前的天空被无数的弹幕覆盖。

"但这都不算什么!"宇航员顿了顿,"我们发现的一颗适宜生存的星球,它的表面是浪漫的粉色,它有七颗卫星,还有眼瞳色的大海!我们在考虑与生存在上面的生物联系!"

天空下弹幕的数量又增加了一倍,宇航员能感受到年轻情侣们的疯狂。

其实他所言非虚,所派出的几万个搜索器中,尽管有相当一部分由于各种原因损坏,但大部分都完成了探索星系的任务,那些钻石星、稀土星、粉星的确存在,但前两个开采难度十分巨大,后一个其实并不适合人类生活,不过他仍被要求这样对公众说。

但他仍然充满信心,现在开采不了,未来一定能做到,现在无法移居,未来也一定可以。

人类啊,有什么事是不能共同幻想的呢?

"继续!别停!"伊文咆哮着。

无数的航船在这个恒星系中走走停停,起初,它们走得很近,很不稳。

后来,越来越多的航船来来往往,航船的规模越来越大,上上下下的有人类,也有外星人。

那时,地球是全银河系的中心……

"没错……对……还有呢?"

我终于睁开了眼,已是深夜,点点星光。

当你凝望银河,银河也在凝望你。

"氘,现在大概几点?"我问。

"氕?"我问。

没有回答。

氕、氘、氚都已经消失不见,路亦仍在沉思不语,伊文……

"不用看了,现在快夜间12点了,还有最后10分钟。"伊文说。

"你到底知道些什么?"

"你先看看,我到底是什么?"伊文越来越激动了,"我告诉你我是什么吧,鬼知道十分钟之后会发生什么,我们都需要死个明白。"

我把目光投向路亦,她仍然一言不发。

"实际上,我只有一半的人类血统,"伊文顿了顿,"我的父亲是一个人类殖民头子,不过现在人类太少太少了,他终其一生都没能在银河中找到一个人类异性繁衍后代。

"我的母亲和路亦是同一种族的,这恰好印证了那句话,叫什么大千银河无奇不有,这个种族居然可以和人类繁衍,懂吗,就像马和驴杂交一样。

"尽管我很讨厌这个结果,但我还是继承了那个殖民公司——YW,伊文,没错,这儿都是我的人。老头子临终时告诉我有个什么'永远无法到达'的星球,那里储存的技术可以改造我的基因,让我成为一个正常的人类!甚至,还能挽救我们的公司!事实上,我们家族寻找它的历史已经持续几代了,若不是两百年前的线索,谁能想到会在这种穷乡僻壤!

"我和路亦到这儿后,怪事一件一件地发生,我们猜测,需要一个真正的人类来揭开这个谜。于是,机缘巧合,我们找到了你。而事实证明我们猜对了,我们走进了21号!"

"他说的是真的吗?"我问。

"嗯。"路亦只轻轻答了一声。

难怪,刚刚他能那么驾轻就熟地发号施令。

还有三分钟。我看了看电子表,三分钟之后会是怎样的世界,不知道。

"闭眼。"我说。

"干吗?"伊文说。

"谁知道最后三分钟那些老祖宗会给我们留下什么?"我一笑。

"3、2。"我说。

"1。"路亦说。

周围的景观飞速变化,最后,停在一个圆顶的宫殿,脚下的地板踩起来很脆,可能是某种琥珀做的,穹顶上精致的吊灯,每一个小灯上都刻有复杂的图案,直把整个宫殿照得金碧辉煌。

响起好似来自天国的声音。

这段录音录制时间是星历16537年。

纵观人类最初的历史。殖民的最后结果,都是遭到当地人的反抗。为了预防这一天的到来,我们于此设下这个宫殿。

我们已经前往距离银河系 120 亿光年的新星系,我们会在那里建立新家。

经过数千年悄无声息的转移,银河系的大多数人类都已经离开。但毕竟不可能做到百分之百的隐秘,直到我们的一艘船被银河理事会攻击,我们才决定停止转移。

或许你们已经猜到,这里正是中心黑洞。按照普适的物理规律,中心黑洞本应该存在于银河系中心,而不是第三旋臂这一偏僻之地。运输黑洞的工作也消耗了大量的湮金,不过我们已经找到了快速将暗物质转化为湮金的办法。

利用湮金对黑洞的限制作用,人类可以在这里自由行动,而没有受到人类庇护的生物会在缓慢流失的时间中慢慢死去。或者被拆分成无数的微小粒子散落于宇宙各地。

你们很可能是最后的人类了,我们将人类所有的文化科技进行了备份,就储存在这里。

伊文的眼睛里闪着邪光。

同时,你们可以取用,让人类重新在银河系得到地位,虽然我们并不认为这样意义很大,但是这取决于你们自己的选择。我们规定,如果你们到达这儿时,银河系剩下的人类数量大于等于 2,你们就有取走这些科技的权力。因为少于这个数字人类根本不可能繁衍,取走也没有意义。

现在,我们正在统计银河系人类数量,左边的数字表示时间,右边的数字表示人类数量。

偌大的宫殿中心，出现左右两个数字，左边是1，右边是9、053、144、674。

左边的数字从1开始增加，右边也在增加。

1——9053144674

50——9278411384

100——9852288436

200——19596403750

••••••••••••••••••••••

时间到了星历16538年，右边的数字加到了九兆四千一百二十三亿八千七百九十二万贰仟零九时，终于达到了峰值。

17000——655641038410395

17500——79148632 75984

18000——985223158

18500——68223

19000——576

19500——67

20005——1……

"什么意思？"我问，"最后为什么是个省略号？"

"所以说，现在还有十个人左右？"伊文说，"小兄弟，有了这个技术，就算只有十个人，我们也能称霸银河系啊！"

我没有应答他，称霸银河系？这我从来没有想过，我没什么野心，我只想活够了安稳地死去。

他失算了，右边的数字不是十几，底下多出了一个小数点。

1.5！

"别想了，得不到，因为不属于你。"我想安慰他。

"不，不可能啊！我是1啊！"伊文狂叫道！

哎，疯子。我想，银河系中有多少这样的狂人呢？一个小小的个体生命，寿命应该不会超过400年，却想着如何千秋万代，如何驾驭上百亿年永恒的银河。

"哈哈哈……果然！上帝是眷顾我们的！方！你看啊！"他喊道。

我抬眼望去。

1.5……

1.54……

1.68……

1.982……

1.999999……

2.0！

怎么会？

"干得好！路亦！"伊文突然说，"果然……我刚刚还在怀疑是否有什么缺漏，为什么这些所谓的排险措施，路亦却毫发无伤。"

难道？路亦！

"你疯了吗？你们到底是什么关系！说清楚！"我咆哮道。

"路亦只是我的一个仆人罢了，你真以为，我愿意和一个低贱的仆人生育后代？"伊文狡黠一笑，"为了使我更顺利，当初你浸泡在她体内时，她可不止帮你愈合了身体，哦，对了，还有那三堆烟、戴森，他们不过都是我的仆人罢了，不过那三堆烟已经烟消云散了，也好，反正都是下贱的外星物种。"

"抱歉，方！"路亦突然低声啜泣，我感觉好恶心，"我真的不愿意……都是被逼的……"

"路亦啊，今天以后你就自由了，还得多谢你啊！"伊文说。

可恶，这个人居然如此的，贱！

经检测，如今银河系存在两个人类，构成开放条件。

两个球啊！我、路亦的手中各出现一个黑色球体，上面有凹凸不平的纹路，认真辨认，可以猜出哪里是海岸线，哪里是山峰，这应该是这颗星球的模型。

"诶？我的呢！"伊文说，"喂，路亦，来……把它给我！"

"你的？"

"你是说这个吗？"

"我觉得，这样不好吧？"

三个熟悉的声音！气、氘、氚还活着！此时，他们三个正拿着那个黑色方盒，高傲地飞在宫殿上空。

"没人告诉你——"

"当然没有了——"

"拿东西要拿稳吗？"

一声旷远的钟响，我知道，到 22 号了。

伊文向我狂奔而来。

"闭眼！"我喊！

一道耀眼的白光。

再次睁眼，我们都在飞船上了，当然，除了伊文。

"方，欢迎您！"是小戏的声音！

路亦抱紧了我："谢谢您，先生！真的对不起！"黏黏的液体，竟然也有温度。

"慢慢慢，你们三个怎么回事？"我问。

"他刚刚不说了吗？"

"对啊，他都说了。"

"把我们拆分成无数的粒子，再散落于宇宙各地——可我们本来不就是一堆粒子吗？其实在这之前，我们把自己主要意识体提前储进了你的肺里。"

"所以你们刚刚一直住在我肺里?"

"对。"

"不错。"

"正是如此。"氕、氘、氚都露出了骄傲的表情。

"那我们现在在哪里?"我问。

"此刻正在先前 8 月 20 号所处的位置,只是我们的方向与先前完全相反。"小戏说。

"是谁设定的?"我问。

"不知道,但它就是这样,也绝对不是我设置的,我只能选择服从,甚至不能更改。"小戏说。

我把那三个黑色方盒丢入弹射舱,如果不出意外,一百年后它就会接近地球,一百五十年后它就会落入太阳,然后在几万摄氏度的高温下融化,变成星星。

千年前的吟游诗人唱过,宇宙用亿万年时间推理出一个虚无缥缈的结论,马背上的得意和马刀下的冤魂,本质上没有任何区别,一杯复仇的烈酒,还是浇到了人类的坟头上。

我牵起了路亦那只黏黏的手,或许,该说抱歉的是我。我会是一个好的父亲吗?不知道,我想,这个问题,连那三个黑色方盒也不能给我答案。

"那么,今天几号?"我问。

"星历 20005 年 8 月 22 日。"

"所以,"我顿了顿,"本来我们今天才到达。但此刻我们已经返航了。"

这就是所谓的——无法企及之地。

无月之声

放过人类

文 / 方润章

应该先讲他的故事，还是我的？或者说，这本就是同一个故事。一曲无月之声，献给他、我，和所有的天涯。

◆ 1 ◆

1999年底，他背井离乡，开始了北漂生活。

镇上是没有火车站的，时值腊月，更不会有车。从二叔家仓库里借出一辆老皮卡，这辆老皮卡二叔视若珍宝，从不外借，他硬是不知道从哪里找到一瓶二锅头，把他二叔灌醉，拿了钥匙，开着车腾腾地就往外跑。

其他的呢？别想了，二叔再不可能找到他和车了，因为在他的记忆里，火车站旁边就有一个废车出售站。他从来没有坐过火车，连火车站也只去过一次，那一次是有老师来他们中学支教，两个月支教完后即将乘火车回家，很多同学都跟着老师一路到了火车站，而他靠答应帮二叔做半个月的农活，二叔才肯把车借给他，二叔好酒，送老师当天喝了酒，不便开车送他。

喝了酒,胆子也大了,二叔草草地给他讲了这个是刹车,这个是油门,好了,讲完了,你自己开着车去吧。

"那火车站咋走呢?""笨!跟着大家伙走不就行啦?"他知道二叔从来没有去过区里的火车站,这些面朝黄土的人,他们的灵魂,早就完全地淹没在了麦地里。

他暗自发誓一定要让自己走出来,不要被这种潮流淹没,最终被淹死在里面。

但现在困扰他的是,当年他二叔忘了教他怎么开车灯啊,他能依靠的,仅仅只有镇上两旁微弱的路灯、家家户户窗前的光亮,以及心里快被侵蚀完的最后一缕火光。

时隔三年,他仍然记得去火车站的路,从镇上南部出去,有一段山路,路况并不好,沿着山路开大约两小时,有一座桥,桥的那一头,就是区里。火车站,自然也在区里。

北方的冬天很寂冷,尤其是在漆黑的山林里,伴随着发动机隆隆不平的吼叫,眼前是桥,桥下是比月光还要清冷的溪流。

记忆里的火车站似乎还要新一些,至少门前的台阶上没有那么多青苔。没有路灯,没有声音。更令人奇怪的是居然车站里面一个人都没有,这里不是说没有乘客,而是连售票员、保安,统统没有。

"喂,你干啥呢!"

他回头一看,一个中年男子不知道什么时候出现在他背后,惨淡的月色照在男子脸上,看起来有点瘆人。

"这里早就废弃了,你不知道?"男子叼了根烟,"新车站在北边儿。"

"那你在这里干吗呢?"他担心这里不安全,要是被绑了,一切都没了,要是车被抢了,那也玩完儿,不仅去不了北京,回去二叔那儿也没法儿交代。

"我?我是收废车的啊,不过这里现在没人来了,你那个发动机那么大声,我能不过来看看?"男子一笑,"我说大兄弟,你也别怪,年关将近,你在这儿晃荡,我难免好奇嘛。"

貌似在理。他当时就把车卖给了这个男子,卖了八百元钱,但各自心怀戒备,没有再聊。事后想来,男子或许有许多疑点,但他当时也没考虑那么多。

在路边睡了一晚,第二天起来一看,果然,八百元里有两张假钞。

很多年后,他时常想起这一晚,每想一次,心中的光亮就少一点。

无论怎样,那年年底的一个早晨,他登上了驶向北京的列车。和他一起的,还有一把新买的二手吉他和一个酱肉包子。这次他长了个心眼,把东西混进一包老旧的衣服中,紧紧抱在胸前,时不时看着窗上湿冷的雾气。

他想起二叔,想起婆婆,想起父母,吃着包子,心生自由。

◆ 2 ◆

　　他爸是木工，初中文化，他妈是农村妇女，小学没上完，算认得几个字。上面有一个姐姐、一个哥哥，姐姐小学四年级辍学了，哥哥大他两岁，成绩也很差。农村盛行一个观念，学习好就是上大学的料，将来要当大学生，要考博士，要出国，云云。当然学习不好的话，就是出力的命。

　　很明显他姐和他哥都不是学习的料，所以对于他们来说，没别的路可走，只有打工挣钱，等到二十出头，回家相亲，结婚，生子——农村有一套效率极高的结婚方式。就像许多人生来就要上学、考研、工作一样。

　　孩子成绩好，一定是运气的关系。如果运气不佳，也没有关系，不上学了走南串北，邻村的谁谁谁在广州、在上海干活，一个月挣几千呢，好得很！再看那个读了中专出来的，挣的钱还没有我初中辍学的儿子挣得多嘞……每逢过年，大人们谈得最多的就是谁的孩子在哪儿干什么，开车的、下厨的、挖矿的，一个月挣多少多少，每个月寄回来多少多少，旁人要么说："等我儿子不上学了就去你儿子那儿干吧，反正也不是上学的料。"要是碰着条件不好的，就会对儿子说："要是你不肯好好上课，就卖苦力去吧，别读书了。"

　　所幸，他小学成绩还可以。但父母从不认为他会有什么出息:"你呀,不是那块儿料,现在勉勉强强,你自己几斤几两自己还不清楚?"

事实上,他有一点"傻",数学考试从来最后交卷,成绩好的唯一原因就是勤奋。

他读的那个初中,如果用"学校"这个词来称呼,是一种讽刺。能毕业的根本没几个,大部分上到中途不争气就被父母弄回去了。

在他初二那年,有一群老师来到这个不成气候的初中,他们只有短短两个月的时间,而且都是才从师范院校毕业的新老师,哪有老师愿意来这里教书——穷山恶水出刁民,安全、食宿、交通,这些条件似乎都在跟这群老师们说"别来,别来"。

那他们为什么肯来这个穷乡僻壤呢?原因无非是政府愿意出两倍的实习工资,这群才毕业的大学生想要尽快向他们的父母证明,他们靠知识改变了命运,过得很好。

她来了,成了他的数学老师。

她觉得他很特别,第一次见到他,这个一米七的男孩子在树旁哭,看到她来了,感觉很没面子,强颜欢笑。

"同学,怎么了?"带有女老师特有的一分温柔。

他不说,扭头走了。

她一向同学打听,得知真相后,第二天在他的桌子上放了一个随身听——原来是他爸不同意他为了学英语买随身听,认为那是在花冤枉钱。

他发现随身听里面有一首英文歌,是"Five Hundred Miles",她存的。于是他又哭了一场,惹得其他同学一阵哄笑。

他原本 120 分的数学试卷从来上不了 30,不是不努力,是真的智力不够。但她来了之后,勉勉强强可以上及格线了——因为她是他的数学老师。

她也想过尽量解决一下他的家庭问题,甚至说能不能改变一下他父母的观念,但是她最终发现这是不可能的。正如所有"原生家庭"的通病,他过得不幸福,他的父亲常常拿他出气,常常直接窥觊他的隐私,他反感,那么她只能倾听他的诉说,两个月在人生中太短了,她没有信心去改变他的人生。

那天,该走了。欢送仪式在礼堂举行,当时正逢中秋,有点凉了,全校 80 多号人围成三圈,就地而坐,中间点起了一堆篝火,轮到他表演节目时,这个羞涩的男孩子唱了一首"Five Hundred Miles"。

If you miss the train I'm on

如果你错过了我搭乘的那班列车,

Then you know that I have gone

那就是我已独自黯然离去,

You can hear the whistle blow a hundred miles

你听那绵延百里的汽笛,

A hundred miles A hundred miles

一百里又一百里,载我远去……

歌声里，腐朽的泥土又开始呼吸。她告诉他，她在北京工作，以后他要是去北京的话记得联系她。但是她连联系方式都没有告诉他。

"你唱歌挺不错，有没有想过以后去当歌手啊。"她笑着说，转身即踏上了列车。

这一句也许是无心之言，但已经开始在他15岁的心里，慢慢生长。

去北京，当歌手，似乎是最好的选择。

◆ 3 ◆

公元2005年，一艘S-412型飞船正以光速的百分之八十的速度航行在银河系第3旋臂的第82运输线上。

总的来说S-412型飞船不适合长途运输，一是载量小，二是速度不能太快，因为飞船本身防护能力不强，开太快撞到行星的话后果严重。

S-412上载的是一具尸体，准确地来说是一具恒星的尸体。它只是众多白矮星之一，但它对于我而言非同一般——我的母星，就是这颗白矮星。

恒星度过了近40亿年的主序星阶段，成为一颗红巨星之前我的种族就已经找好了新的移居星系，并决定在恒星变成一颗白矮星之后运到银河系边缘地带,在那里为她举行葬礼。经过几百万年,氦核燃烧殆尽,红巨星的物质向外喷发,形成的美丽星云,像一朵壮丽的玫瑰。但这种凄美在宇宙尺度上却是极短暂的——它很快便塌陷成了一颗白矮星。

我担任了捕获白矮星并运输它到银河系边缘的神圣使命。至今回忆起来,这仍是我一生中最光耀的时刻。

深黑的太空是一块浩大的背景板,背景上点洒了亿万星辰,他们无止息地燃烧自己,喷涌出创造文明的力量。但它们终会冷却下来,要么坍缩成黑洞,夺走光和它所缔造的一切,要么作为白矮星孤独地接受永恒。

在这孤独冷寂的星系里,我大概是唯一的一个有机生命。我的同胞们这时都已去了十光年外的新家,我是最后一人。

红巨星喷发的海量物质把第 4 颗行星以内的太空充塞成一张翡翠绿毛毯,其中点染着星星褐黄,每一片褐黄都有几万公里的直径,它轻轻地搭在了恒星的肩头,像一阵轻轻的晚风吹起了尘埃的裙摆。

我和我的飞船,就这样静静停在温度越来越低的尘埃云里,与这一片浩瀚的彩云相比,我的飞船更像是若有若无的一粒尘埃。

S-412 飞船大概有月球那么大,从外形上看它是一个完美的球形。不错,接近完美,外层的每一个原子排布,都使得外层绝对光滑,在上面没有任何一个着力点,无论是百亿千克重的陨石还是一滴水，都会从它身上轻轻擦过，好像被一股无形的力托起。

飞船有内外两层，中间真空，磁力支撑。外层大概占了三分之二的飞船体积和质量，作为保护层，称之为"镜面"，抵抗陨石和外界攻击，当它受到撞击时，陨石的动能会转化为镜面的动能，镜面的动能再转化为飞船的动能，因此这也提供了一种能量来源。而无论"镜面"怎样转动，内层都不会受到影响而保持稳定。

飞船的中心是核聚变引擎——我没有选用数字式引擎，把我们的恒星转换成一堆数字进行搬运，估计会被骂死——核聚变是恒星的燃烧方式，无论是引擎还是外观的选择，都是向孕育我们文明的这颗"母星"的致敬。人类喜欢把文明诞生的那颗行星称为"母星"，但我们只把恒星认作自己的"母星"，我们可以把一个陌生行星的生态改造的和母行星一模一样，但是却改变不了恒星给予我们的阳光的温度。

"开始捕获目标白矮星。"

"将第4颗行星以内空间高维化。"

球形的指挥室隐去了仪器，将飞船调至完全透明，尘埃的光和影，真实地出现在我身边。此时只有理智能告诉我我还在飞船里，但我的脚已脱离了地板，向自己的每一个方位看过去，都是空间的无限延伸，身处尘埃云，我也成了一粒尘、一星儿土，成为基因里对母星的鲜活记忆，我感觉自己已经成了空间的一部分,遁入了无休无止的太空黑暗里。

一个点,出现在方圆8万公里的任何位置。它就在尘埃云中,一会儿在我面前1米的位置,一会儿又跑到我千米外的位置,突然,它冲进我身体内部。那个点无限小,没有质量,它是空间的一部分。看不见它,摸不着它,但可以感受到它的存在。旋即,它又变成了一根线,无限细、无限长,骄傲地穿过一切,却拥有不了一个单位的体积。哈,它很快又变成了一个"体",既是圆形又是方形,既很大又很小,但无论如何,它把我裹住了。最后,它变成了"超越",它超越了我的思维,也比我的存在更加"高贵"。与此同时,整个第4行星以内的空间,都完成了和"它"一样的从点到线,再到体,最后成为"超越"的存在。

"全部空间实现高维化。"机械AI的声音。

三维物体降维很难,但升维更难。升维的核心思想,就像模仿宇宙大爆炸一样,由一个点开始,爆炸形成了11维的宇宙。因此升维也要从一个奇点开始,寻找一个奇点,让它模仿宇宙大爆炸,形成一个四维的宇宙。这项技术还没有完全成熟,目前是它所能形成的最大空间,而且最多也只能升到四维。

三维的物体在四维里都变成了一块透明的冷蛋糕。四维没有温度的概念,母星表面12 000℃的高温或绝对零度的太空,都只能形成同一种温度感应,而物质,也不是由原子和分子等粒子组成了。

飞船从亿亿尘埃物质中直接穿过,墨绿的星尘宛若涓涓流水,在飞船最前端的那个原子上分流,又在最后一个原子上聚拢,却不发生任何接触,以三维光速的两倍接近母星。

透明的船壁贴上了母星，我感觉正在直面一堵暗暗的墙，但当我打开我的微观感受器官时，我看见母星上的原子排列的比飞船保护层更为紧密，以至于让我产生一种"窒息"感——母星成了一颗不会闪光的钻石，没有了温度和亮度，给人一种"死亡"的感觉。湮灭于黑暗的太空，也许比"死亡"更寂寞。

飞船的保护层从轴心完美裂开，探出一条机械臂从母星上轻轻采下一小颗物质，作为"遗骸"，存入了飞船内心的储存仓。

飞船渐渐驶离母星，我的飞船每前行一米，文明离"家"最近的距离就长一米。能够作为留守者在这里见证母星最后的容貌，实属三生有幸。也许以后我们星球上的诗人会回到这里，咏赞恒星几十亿年的默默付出和母星最后留下的灿烂星尘……

离开母星足够远后，我把空间调至三维，把船舱调至单一的白色。

核聚变推进很慢，但没有关系。

再过5个宇宙天，就要到预订的安葬时刻了——安葬母星，无疑是文明的最高荣誉，我的文明最崇尚两种道德："荣誉"和"简洁"。

但此刻我必须面对一件相当尴尬的事情。

"警告！飞船燃料即将耗尽！"

"立刻搜索附近星系可利用能源！"

"是。"

面对这种情况,越危急就要越冷静。感性不是我这种太空职业者能够奢望的,"信赖我的 AI"是我唯一能做的。

"已搜寻附近 83 个星系,无可利用能源,是否继续搜索?"

所谓的搜索,就是建立模型研究该星系可能产生的元素种类,如果该星系的产生目标元素种类的可能性大于百分之八十,那么就认为这里有目标元素。反之,系统不会轻易选择概率很小的星系。这是规则,如今大多数飞船都采用这种搜索逻辑。

"继续搜索。"

飞船的速度达到光速的百分之八十,周围星系外圈的陨石也是威胁。如果找到目标星系,但是陨石太多,飞船的保护层也禁不起折腾,系统也不会推荐。

我很清楚刚刚系统排除的 83 个星系,其中可能有的拥有燃料,有的容易进入。但我的 AI 没有推荐,一定有它的理由,我既然选择了这一套 AI 系统,就选择相信它。

"已搜寻附近 144 个星系,无可利用资源,燃料降至百分之二,是否继续搜索?"

我知道自己已经不能再等了。

"停止搜索,前往拥有燃料可能性最高的星系,不考虑陨石圈问题。"

"是,即将前往代号 ong-233 星系。"

◆4◆

"唱的什么歌啊,难听死了!"台下一个小胖子,朝着他扔了一个酒瓶,咣的一声,一地的酒沫,"老板,你请的什么歌手啊!还做不做生意了,信不信老子把你场子给砸了!"

冷冷的聚光灯打在他身上,他从长发缝里瞟了一眼这个胖子。

"不好意思,不好意思,王哥,新来的不懂规矩,要不您改日再来?"从吧台走出来一个女子。也许是酒吧的经理吧。

但那声音,听起来,有点莫名的熟悉。

是她!

那个胖子看见她来了,想揩揩油。他从台下走上去,一霎时所有人的目光被他吸引,各自端起酒杯准备看戏。

"你不识趣啊?怎么你是他马子?"

她看了他一眼,尽管灯光一暗一明,尽管他留了刘海,留了胡子,声音变得更加浑厚,但是她还是一眼认出了他。她不知道该如何向他解释现在的工作,也许双方都有很多的话,而他更尴尬,为了挣钱,不顾尊严穿上女装……但现在绝对不是说话的时候。

"咱那,不打女人。"那个小胖子一边笑,一边指着他身上可笑的衣着。周围人也笑了。

后来的事情，很多人也许能猜到。他捡起地上一块玻璃碴，往胖子动脉刺去……

他和她开始出逃，连夜租车，从乡道一路逃。往八年前他离开的地方开。

"你回去吧，人是我杀的，和你无关。"

"你不要再一个人承担了！一个正常人会因为这一点小事就乱杀人吗？这五年你到底经历了什么？我告诉你我作为一个老师，我很清楚你的！"当她说出"老师"这个词时候，她就已经无力支撑后半句话了。

长久的沉默。

"我回去之后的第二年，我妈突然找到我。他们就在学校闹啊，说什么我就该回老家结婚生子啊什么的。我说不，他们还要闹。最后……"她抽噎的什么都说不出来了。

他一脚踩住刹车。下了车，从后备厢拿出一把吉他。

"我终究是逃不了的。判多少年都无所谓了。"

"我等你。"

从他颤抖的手指飘出的一声声弦音，和一束束月光，泻入她眉心中。他们坐在路边的草丛上，看着月亮。

还是那一首熟悉的 Five Hundred Miles。

God put a shirt by my bag

如今我衣衫褴褛，

Not a penny to my name

名字一文不值，

Lord I can't go back home this a way

上帝啊，我怎能这般回家。

◆ 5 ◆

"燃料不足，最后10 000s！"

S-412飞船冲入ong-233星系的同时，响起了这个警报。

"安全进入星系ong-233，检测到星系第3颗行星卫星上氦3含量丰富，可充当燃料。还剩9 000s！目前飞船速度为光速的百分之五十，是否刹车处理？"

我们种族的反应速度大概是人类的八十到九十倍，举个例子，如果去市场买菜，一斤土豆3元，我买三斤，我带了一张整的10元钱，我们会迅速想到找零1元，但是人类就会想到其实可以跟老板讲讲价，我们思维比较僵化，但是决不迟钝！

一霎时，我脑海里出现在这几种可能结果。

1.飞船质量大，不能与任何行星发生直接碰撞，无论速度多小，动能都很巨大，所以只能停靠在目标行星附近。

2. 要想停靠在目标行星周围不产生物理接触,那么就需要一定的燃料减速。

3. 减速的燃料不够,但其中大部分用在了"镜面"上,所以如果把保护层扔掉,那么就能用节约下来的能源进行支撑。

所以,丢掉"镜面",是唯一解!

"放弃'镜面',开始减速!"

"目前飞船处于陨石带,是否放弃'镜面'?"

我把飞船又一次调至透明,一颗直径4千多米的陨石迎面砸过来,在"镜面"上蹭出一团火花,又瞬间熄灭,那是陨石和"镜面"里面的氧元素的反应,最靠近保护层的那部分陨石在高温下化成了一摊水,突然的冷热变化,使得另外一部分直接炸裂,陨石碎片疯狂地倾泻在"镜面"上,而每一块都起码有人类眼中的30立方米大小。更恐怖的是,这样大小的陨石还有几百万颗堵在我们的航道上。

我的"镜面"真的扛得住吗?说是绝对光滑,但是这样大的能量撞击,真的对上面的原子排布不会造成一点影响?

"飞船保护层开始损伤,1%。"

死在这里,究竟是一种荣耀还是一种讽刺?

还没有到绝境!利用惯性,依靠"镜面",穿过陨石区,在固态行星上进行摩擦缓冲,最后在接近目标行星时脱下"镜面",再减速!

我闭上了所有感官,除了听觉。

"'镜面'损伤，2%。"

"5%。"

"10%，已离开陨石带——柯伊伯带。"

"即将撞击第4颗固态行星！"

约30s后。

"嘭！"飞船内层出现颠簸。我抓紧了一旁的机械臂。

我又睁开了眼，背后那一颗行星，呈褐红色，布满各种陨石的深坑，其中最大的那个直径约3 000公里的坑是刚刚砸的。幸好上面没有生命。

"脱离'镜面'，开始减速。"

又是一道完美的裂缝，"镜面"随着惯性飘入陌生的太空。像一块孤独的碑。

一个和S-412拥有"镜面"时差不多大小的卫星出现在我眼前，慢慢接近，它越来越大，身上也布满深坑。没有大气，这颗恒星喷射的氦3自然地堆积在了它的表面。

"需要开采多少燃料？"

"其中氦3可以开采5亿吨，剩余质量需要作为飞船'镜面'。也就是说，需要几乎全部的月球质量。"

"全部？会对它的行星造成什么影响吗？"根据我的经验，卫星对行星的生态往往有影响，而卫星质量越大，影响也越大。

"分析中……由于月球引力，造成地轴23.5°偏角，这个倾斜让行星和它的恒星产生和谐关系，有了四季变化，南北极。一旦该卫星消失，则会造成地轴在0°到90°之间波动。四季消失，南北极冰雪融化，阳光永远直射赤道或者南北极。"

"此行星是否有生物存在？"

"检测到有生物在观察我们。"

"放大。"

全息投影显示，有两个生物体靠得很近，其中一个利用某种装置，制造出和谐的声音。

我要是取走卫星，行星上的生物无法短时间实现进化，根据宇宙联盟宪法，我犯了生物灭绝罪。

但，这里毕竟是偏僻的第3旋臂，就算真的灭绝了，也很难被发现。况且白矮星的葬礼实在耽误不得。

可要是被发现这样做了，灭绝罪的骂名更担不得。

"这里是否受宇宙联盟组织保护？是否与联盟有过联系？"

"搜索中……发现该行星里出现了宇宙联盟文字，这里的生命体将它称为'楔形文字'，太阳系受联盟保护。"系统进入了人类的网络空间，找到了所有的文字种类。

愈发为难了。

"船长，我想刚刚的生命体制造出的声音里，有某种复杂情感，或许只有您才能理解。"

"播放。"

那一首 Five Hundred Miles，跨过地月之间的鸿沟，回响在冰冷的太空。

尾 声

1999年年底到达北京后，他洗过碗，卖过力，打过杂，之后有了点积蓄，他拿起吉他，开始了酒吧驻场生涯。这期间他曾理财被骗，又逢金融危机，仅有的一点炒股钱也打了水漂。心灰意冷之际他打算回家，却发现"自己"不知不觉间因压力过大染上毒瘾。

如果这是一个人的一生，那么过去的他在1999年年底就死了，现在的他已陷入绝境，没有了未来。

他想到了死，并悄悄为自己准备了一瓶安眠药，他本想这几天内就了此残生。但这时，他在酒吧中与她不期而遇，这使他重燃生命之火。

弹罢那首曲子，他从口袋里拿出那瓶安眠药，丢在地上，然后开车一碾而过，掉头，向着警局驶去。

他会有新的人生吗？他不知道，他只是想念着她，这一切的苦难算的了什么呢？也许会被判五六年吧？不过五六年罢了，之后出来，他们还有许多事情要做呢！他们知道，新生活不是轻易能得到的，他们必须付出巨大的努力，可是，好像只要有了期待，一切都可以重新规划，一切都可以从头再来，他们会更好吗？会有人祝福他们吗……

母星的赛博纳草毛茸茸的，古拉德泉冰凉凉的，夏天的太阳帆船赛，我曾经与冠军失之交臂……

为了完成这个使命，我很早就休眠了，真正待在母星的时间很少很少……

原来宇宙银河系第三旋臂 ong-233 星系的一群智慧生物体也会有这种感觉啊——真好。

我的职业，不允许我感性。但这一次……

就放过月球吧。

第 1 审判者此时此刻正坐在审判台上，旁边挤满了从第 2 到第 8 002 位审判者，我知道此时此刻无数的族民都在观看这次审判，审判桌上的他们也吵吵嚷嚷，我被关在电磁笼里，静静地看着他们争吵，金色法律柱上没有錾刻这个案例的标准解答。无论是生是死，荣誉还是耻辱，我都欣然接受。

渐渐地他们的声音减小了，只剩下第 1 审判者和第 2 审判者还在交头接耳。不过，他们最终达成了共识，第 1 审判者走下台阶，震动着他的膜，我默默地闭上了眼，聆听最后的结果。

"留守者，由于你对道德的崇高追求，我们决定，由你完成圣火仪式。"

我抬头，震了震膜，欣然接受了这最高的荣誉。

我的两只触角碰到了母星之骸、母星的四季、母星的温度、母星的歌……

曾经喜欢过的姑娘，我爱和她一起吹着来自牧尔末河的远风，关上我们的视觉器官，关掉我们的膜，打开身体每一寸的感受细胞，享受着诞生于 12 分钟前的日光。

我看了一眼新的太阳，它如母星当年般美丽而永恒，我们会更好吗？会更加繁荣吗？新太阳会庇护我们吗？带着未知的、怀念的、过去的、熟悉的、不得不丢下的，我将身体完全融入母星的残骸中，我感受到了永恒的炽热，然后从星板上一跃而起，跃向了新太阳，在新的光芒中烧成了灰烬。

冥王星上的雪

生命的另一种姿势

文／焦策

◆ 1 ◆

"月亮逐渐划过帕瑞纳山的山顶,路基天线在荒凉的阿塔卡玛沙漠上留下长长的影子。这儿是地球上最干燥的地区,平均年降水量小于 0.1 毫米。也正是由于这个原因,绚烂的银河在这里显得格外清晰,就仿佛是从自家的门前流过一样……

"沙漠中的小屋,我很早就想要。它可以是在得克萨斯,又或是在亚利桑那、犹他……不需要很大,两三间房子就好。我不需要邻居,这样就不用每天修整花园,让那些沙漠植物肆意生长就行。但是我想要一个酒窖,两层那种的,上层是经常喝的 —— 牙买加朗姆酒、波尔多酒、威士忌,下层放上名贵的白兰地和烈性沃特加……

"每天日落之后,我倒上一杯酒,躺在小屋的屋顶上,慢慢地品尝酒的香甜,同时看着星辰从头顶很近的地方划过。只有我一个人,没错,就像现在这样……

"好了……我们这一时段的广播结束了。这是来自约翰·布鲁斯特的问候,如果您有幸听到,请一定记下这个坐标:20,

68，82。我会一直在这里等您。"

我关掉无线电广播，合上手中的那本《接线员》。转身拉开窗帘，微弱的光芒从"X"形的窗户外照射进来，四周像是镀上了一层银白的光辉。

我被困在这里已经有 79 个小时了，期间，我除了睡觉、吃东西，就是用这部老旧的无线电进行广播。一方面是为了排解寂寞，另一方面当然是希望有路过的人能够来解救我。

但是这种希望太渺茫了，这儿简直荒凉得可怕。不过也不排除会有人误打误撞进入这个区域，谁能说的准呢？

我苦笑着抬头望向窗外。灰白色的冥王星占据了"X"形舷窗的大半部分。

◆ 2 ◆

在第 50 个小时那会儿，我想到过死，因为这是一个显而易见的结果。如果不算上货运飞船里微微渗漏的氧气，从现在开始，我大概只剩下 39 个小时。

一昼夜再加一个白天 —— 按照我在地球上的生物周期的话 —— 我的生命即将画上句号。这一天应该不会很精彩，我大致回忆了一下自己平淡无奇的一生，觉得它只不过是我活过的一万多天里，普通得不能再普通的一天。但它却是不平凡的，因为在接下来的这一天里我将要死去。

我试着去赋予它意义，可是很遗憾，我并不是一个出色的哲学家或诗人什么的，那种晦涩的词句太难说出口。我只是大时代背景下，一个无人注意的运货小哥。

说起我为什么会死，解释起来比较麻烦。当然我已经从第50个小时开始，通过无线电向外界广播过，包括我的飞船熄火、量子通信故障……我不想再说一次。我现在能做的，仅仅是把位置的坐标试着用短距离无线电向外发送。但愿有万分之一的概率，能遇到路过冥王星这块空域的飞船，然后顺便把我救了。

我希望是这样，可在大时代的宇宙旅行者里，已经很少有人想要当个真正的骑士。

"贫穷就等于死亡……"我在那本书的扉页写下这么一行字，想了想，又把"死亡"涂掉，换成"自掘坟墓"。之后，我满意地点了点头，这句话很有意义，可以作为我的墓志铭之类，或是过一会儿用作广播的草稿。

虽说这一天会很快过去，但我也要让它显得有意义，不是吗？哪怕仅仅留下点儿什么，也总好过凭空就这么消失吧？

只要再过一天，这艘货运飞船就会变成一副铁棺材，而我即将变成跟外面的冥王星、陨石块、彗星核一样的无机物，成为这个毫无生气的宇宙一部分。这种死亡的寂静将会持续很久很久，所以我并不急着去思考死后的事儿。

◆ 3 ◆

第 33 个小时。事情突然就有了转机，可是我想说，这也算不上什么转机，最多是"命运的捉弄"吧。

一个没有任何救援能力的探测器回应了我。不过让我疑虑的是，我不清楚对方到底是不是人类……

"你是说，这个探测器上搭载着你的意识？"我用无线电通信问道。

"是的。"一个清脆的女声说，"虽然我没有躯体，但也不是电脑 AI。"

我若有所思地点了点头。虽然依稀知道一点儿关于太空开发的时候，太空探索者们把自己的意识搭载到探测器上发射到宇宙中的事情，但是这种"太空流浪者"，我还是头一次遇到。

"约翰先生，很抱歉无法救你。所以之前才一直对你保持沉默。"那个女声说道。

"可现在为什么又回应我了？"

对方在犹豫。

"我想……或许陪你聊聊，会让你感觉好过一些。"对方说道。

我苦笑着，表情一定很难看。本来我满怀欣喜地以为会获救，闹了半天,原来大家"同是天涯沦落人",唉……

"那你也只能当个听众,是吗。"我随口问。

"我会努力让您振作的!"那声音很坚定。

"你有名字吗?"

"茜娅,我是茜娅。"

"叫我约翰·布鲁斯特。"我轻描淡写地说,"你是欧洲人?"

"是的,我来自北欧的哥得兰。"

"哥得兰?!"我一阵狐疑,随即问道,"那个小岛不是很早就没有了吗?"

对方一阵沉默。

或许是我的问题太直接了,那段历史对于任何地球人而言,都是个极其沉重的打击——因为哥得兰岛早在半个多世纪前,就因为剧烈的地质运动而沉入了海底。

"你来太空多久了?"我换了一种方式问。

"85年。"回答有些冰冷。

"哈哈,挺久的……不过听声音,感觉你很年轻。"我尽量显得轻松些。

"年龄是通过躯体和人类社会活动经验反映出来的,而这两个条件我现在都没有。"她淡淡地说。

"说得也是。"我随口附和着,"年龄对你没有意义了……那你现在在哪儿?"

"我在冥王星的'探测基地'里,布鲁斯特先生,这儿是我建的。"茜娅的声音听上去变得不一样了,颇有些自豪的意味。

"你又没有身体,怎么活动呢?"

"我有。"茜娅说,"我的身体是机械的,还有两条金属手臂。忙不过来的话,我会加到四条。"

我听到通信器里传来咚咚的响声,好像是在敲打某种金属。

"我很厉害的,布鲁斯特先生。我来自太空,目的是探索宇宙。既然来到了冥王星,我就要实现我的目的。这些年来,我一直在勘探冥王星,积累了很多数据资料呢……"她的话仿佛让我看到一个北欧女性坚韧的身影。

"你还有家人吗?"我问她。

"他们都去世了。"

"后代呢?"

"我没有后代。"

有股冰冷的感觉沿着我的脊梁游上来,我陷入沉思。

大概在一个世纪之前,人体意识传真技术有了突破性进展。北欧的哥得兰岛作为当时地球传输基站的中心,显得尤为重要。但是因为一次可怕的地质灾难,让整座小岛瞬间沉入了冰冷的海底。同时沉没的还有那些珍贵的技术资料、昂贵的尖端设备及大批科学家。

灾难来得太突然了,以致让太空中那些将自己的意识上传到太空探测器中的探索者与地球的链接彻底中断!虽然有少数人因为距离近而获救，可那些奔向茫茫宇宙深处的人类的勇敢先锋，自此都杳无音讯。后来也听到过一些飞船与他们偶遇的事件，但是在大多数人心中，这些"人"已然成了太空中"失落的星辰"。

茜娅说，她是在岛屿沉没之前就奔赴太空的，而且当时她还很年轻，还没有生育后代。

对此我表示不理解："你那么小，这么做值得吗？"

"我觉得很值呀，布鲁斯特先生。"茜娅平静地说，"从小我就很想亲手去触摸一下那些星星。"

听她说完后，我闭上眼，仿佛看到了当年那座北极小岛上空，纷飞的萤火虫一般被放飞的载有人类意识的太空探测器。数以千计鲜活的人们，被那一个个小盒子裹着，奔向浩瀚的宇宙……

梦想飞了，岛屿沉了，这是一场没有归途的旅行。

茜娅说，这是她的梦想。而我告诉她，他们本身就是全人类的梦想。

突然，一阵头晕向我袭来。我连忙检查生命维持系统，氧气剩余百分之九，而且船舱有破损，氧耗量增加明显。但这样也能维持约32小时。

不过，二氧化碳指数有些高。我猜想用来过滤的超氧化钾一定是不多了，没法儿消除二氧化碳。如果这样持续下去，很有可能在氧气消耗干净前，我就会被闷死。

我向茜娅通报了这件事。

"你的飞船是矿船吗？"她问。

"嗯。"我边回答，边点头。

"矿船的预处理间都会存一些漂白剂，用作矿石的初步分解。它能替换氧气置换器里的超氧化钾。塑料包装，你去找找。"

她提醒了我，这确实是一个好主意，用过氧化钠的化学属性来代替超氧化钾，从而过滤多余的二氧化碳。

"这样我的氧气存量就会更多了。"我略为兴奋地说。

"可这依然救不了你，布鲁斯特先生。"她的声音明显有些低落。

"我知道……其实，人都会死的。"

"你不怕死吗？"

我稍微思索一下，然后笑了笑："怕呀，只不过我更害怕孤独。"

◆ 4 ◆

小睡片刻之后，我的大脑比刚才要清醒许多，看来茜娅的办法奏效了。

就在我睡着的时候，茜娅应我的请求，发来了她的照片。因为我想在死的那一刻，能有个人在脑海里陪着我。

照片有两张，一张是她在地球上。年轻的她，脸庞清秀，梳着不长不短的马尾辫——虽然表情有些冷峻,但仍可以看出不凡的气质。

另一张是在冥王星上,一望无际的雪白的世界。而她的金属躯体却高高地跃起,两只机械手挥舞着,像是在欢呼。

"第二张照片上,你是在笑吗?"我调侃着,可惜根本看不到她的脸。

"是的。"茜娅回答。

"头盔太厚了,看不清表情嘛……"

那边传来一阵莺莺的笑声,银铃般悦耳。

"我挺想知道,你当时为什么高兴?"我问道。

"我喜欢雪,布鲁斯特先生,它让我想起哥得兰。"

"冰与雪的故乡?"

"嗯。"她轻声应着。

"哦?那你可是来对地方了,冥王星的雪可是长年不化。"

"那可不一样,布鲁斯特先生。"她说,"这里确实都是冰原,虽然看上去很美,但还不是我想要的。"

"你想要什么样?"

"大概是会落下的那种,漫天飘舞的雪花,多美呀!"

"哈哈哈!"我大笑着回应。

气氛变得愉悦起来,而时间也随着聊天加快了流逝。

茜娅建议我继续先前的广播，我笑着答应了。拿过旁边的那本《接线员》，随手翻开一页，读起来。

这是一段描写"接线员"驾着飞船穿越海王星的故事。滔天的液氢巨浪夹杂着固体的甲烷和冰一起被狂风卷起来，吹到空中。而"接线员"们就像是坐上了这架疯狂的宇宙过山车，沿着这条极度寒冷的轨道在风暴中翻滚穿行。

我努力幻想着那种情形，就好像是一艘独桅的小舢板误入大海深处一样，寒冷的宇宙丝毫不给人类任何怜悯，但是那些先驱者硬是凭着一股蛮劲，让接线站遍布太阳系的每一个角落。

只是，时间过得太快了，任何激情最终都会归于平静。故事成为历史，勇士也已安息。然而最可怕的是，有些故事、有些人，历史不会记着它。

"遗忘才是这个宇宙中亘古不变的真理吧……"我感慨着。

故事读完了，无线电里归于沉寂。我轻唤着茜娅，可是没有回应。

我抬起头，望着那占据大半个舷窗的冥王星，幽幽静静的，仿佛亿万年来它就这样独自沉睡在冰冷宇宙的角落里。

"茜娅，你还在吗？"我说道，"我的时间不多了。"

一阵窸窸窣窣过后，茜娅又重新连线，不过这次她的声音中明显有种失落。

"我在，布鲁斯特先生，我在这儿呢，我会一直陪着你的。"

"这没什么可悲伤的，茜娅。我并不遗憾。"

"是的。布鲁斯特先生很坚强，茜娅也是。我会陪您到最后一秒钟。"

我淡淡地笑了，心中有一丝涟漪泛开来。

"只是……"我欲言又止，冥王星银白的光芒照在我脸上，显得有些苍白。

"只是什么？"茜娅问我。

"只是我走了，就没人陪着你了。"

气氛重新变得沉重，这是我不愿意面对的。

倒是茜娅突然变得很乐观，她在无线电里大声讲着："你看，布鲁斯特先生。我在这里可以看见你呢。你看，你看，你就在我的上方，我正在向你挥手，你看到我了吗！"

"哦？是吗？"

我探过头，仔细地搜索冥王星的每一寸土地。但冰原太广袤了，我根本见不到半点人造物的影子。

"你真的能看见我吗，茜娅？"

"能看到，我真的能看到！"茜娅十分的兴奋，"您的飞船是银白色的，在宇宙的黑色背景下很显眼，就像是星辰一样，我想哪怕是用人类的肉眼都能看见您呢！"

"哈哈哈，那真的很不错。"我欣慰地躺倒在座椅上，嘴角扬起，"我也能看见你，茜娅。"

"布鲁斯特先生，我会陪着你，你也会一直陪着我，对吗？"

"没错,茜娅。在你能看到的这个世界里,我会一直陪着你。"

氧气指针渐渐滑向 19 个小时,而此时的我,毫无惧意。

◆ 5 ◆

距离那个时刻已经越来越近,该是提前做好最后准备的时候了。这是一场我与死亡的盛大际遇,并且我想用最简单直接的方式来面对它。

我勘察过飞船的剩余燃料,大概只够进行 5 分钟的加速和姿态调整。我盘算着操作步骤,而后默默地记在那本《接线员》的封底。

在收拾好一切之后,我问茜娅要了她在冥王星的地点坐标。她迟疑了一下,问我做什么。我只是淡淡地笑了笑。

最后一次广播就要开始了,我把所有的电量都转移到无线电上,确保它能够以最大的功率发射。

或许,你来自黑暗的宇宙,

连炽烈的太阳风都无法温暖你的心,

死亡在你左右。

那时候,请抬起头,

星辰正倾听你的祈求。

或许，你来自冰冷的星球，

连伟岸山峦都无法触动你的心，

恐惧在你左右。

那时候，请抬起头，

雪花正飘落在你身后。

……

"这是来自约翰·布鲁斯特的广播，如果您有幸听到，请一定记下这个坐标：14，56，21。有人会一直在这等您。"

我关闭了无线电广播。

冥王星此刻被一团幽幽的光芒笼罩着，看上去并不像人们所想的那么冰冷。而在我心中，那却是犹如太阳一样温暖的归属。即使在这冰冷的宇宙空间，每当我望向它的时候，都能瞬间融化我已经千疮百孔的心灵。

没有再多想什么，我定好导航仪之后，启动姿态调整发动机，反转船身，以"倒车"的姿态让飞船加速坠向冥王星的夜空。

就在飞船接触到冥王星大气顶层的一瞬间，我猛地打开货舱，紧急制动。满舱的陨石矿像雨点一样密密麻麻地落下去。

由于陨石与微弱大气的摩擦，晶体外面那些厚重的壳逐渐燃烧起来，同时内部温度升高，所有的陨石依次炸裂开来，一边分裂成更细小的微粒，一边落向冥王星。

"茜娅，这艘飞船落到冥王星表面之后，应该还有不少设备勉强可用,希望能够派上用场。与此同时,那个我用来求救的、坏掉的量子通信器材,还有一些工具设备,也让我装在坚固的小型矿物柜中投送了下去。你手头上有一些工具和设备,如果有足够的时间,量子通信设备应该能够修好,到那时,你就能重新联系上地球了。又或许这个广播会由你一直持续下去,从而整个宇宙都会知道我们的存在。

"我的故事就要落幕了……历史不会记得我的,但是,请你不要忘了我……这是我送给你的礼物,茜娅,希望你能喜欢。"

飞船伴随着陨石一起坠落,由于惯性,它沿着纵横两轴旋转起来,就像是一场太空中的华尔兹。

◆ 6 ◆

冥王星的夜空一如既往地清澈,幽静的冰原以零下两百度的低温牢牢地禁锢着星体上的每一个粒子,没有什么东西能够在这片寒冷的冰原上活动起来。

只是今夜有些不同。

茜娅独自站在瞭望室巨大的玻璃穹顶下,抬头仰望着天空。她仿佛看到空中有些东西飘落,也有可能是幻觉。因为常识教给她,这里只有比寒冷更加寒冷的东西。

但她的双眼此时此刻正在被一个奇景震撼着。

雪,逐渐飘落下来。起初是粉红色,只有一点点,沿着玻璃慢慢地滑动。后来雪势越来越大，天空也由幽深的蓝变成绛紫色。雪线随着磁场的延伸，给这个一直封冻的世界画上优雅的纹路。虽然没有风，但是广袤的冰原正在被这场突如其来的大雪变幻着形状。

沟壑，被填平；穹顶，被掩盖。

遥远的星光在穿越了亿万光年的冰冷空间之后，透过纷纷的大雪，把室内映上浪漫而瑰丽的色彩。

"是你吗，布鲁斯特先生？"茜娅把双手交叠着放在胸口。

透过雪缝，她仿佛看到冥王星上空那绝美的舞蹈，一如雪花般绚烂。

苏醒之时

『月亮』的阴谋

文／五月羽毛

距离大撞击还有 22 天零 14 小时
月球表面，静海，塞勒涅号月球基地

"喷射口磁约束环状态。"

"无异常！"

"燃烧室。"

"无异常！"

"氦3燃料压缩舱。"

"无异常！"

"高能电子束发生系统。"

"无异常！"

"准备就绪！"

"第107号工作日志，塞勒涅号月球基地（以下简称塞勒涅号基地）将接管齐奥尔科夫斯基号基地所负责的第三号圣盾推进器，现在的时间是2075年3月19日，格林尼治标准时间

12 点 15 分，我们将进行第 53 次姿态调整。

"推进口：第三号圣盾推进器。

"推进方向：太阳黄道面为参考系，地月连线方向仰角 23°。

"预计喷射时间：540 秒。

"实时数据已上传给地面观测站以进行细节调整。以上记录备案。"宇航员关上日志记录的窗口，在胸口画了个十字，向周围的人做了个手势，基地控制室内的气氛紧张了起来，所有人都目不转睛地盯着自己面前的操控台。

推进器位于静海中央，建造于一块低于月球表面 1700 多米的空旷盆地当中，钢铁所构筑的巨型喷射口足足有 7800 米高，仅比珠穆朗玛峰低 1000 米。这个巨大的银色巨人沉默地屹立在苍白的广袤盆地上，镜面一般光亮的金属表面反射着漆黑的夜空和一轮血红的太阳，在荒凉寂寥的月球表面映衬下，它宛如一件艺术品一般熠熠生辉。

燃料压缩舱内一颗仅有零点几毫米大小的氦 -3 核燃料小球被推入了燃烧室，一道电子束精准无比地轰击在小球的中心点上，打破了月球荒原之上亘古不变的死寂。难以想象的巨大能量从小球内部被激发出来，被轰击的小球将在一秒内发生二百余次核聚变，释放出巨量的热能和强光！小球在短短的一瞬间内化身成了一个微型太阳，漂浮在虚空之中燃烧着它短暂的生命，将证明自己存在的光与热投向宇宙。

紧随其后，每秒有 1300 个氦 -3 小球被抛射进燃烧室，高能电子束对每一个小球进行精准轰击，一个个小太阳接踵而至地亮了起来，那些灰不溜秋的小东西化身成闪耀而活跃的精灵，在真空之中舞蹈跳跃起来，它们相互碰撞、融合，凝聚成足以熔化一切容器的高温等离子体。

安装在燃烧室和喷射口处的巨型磁束缚环将这些暴躁精灵束缚在喷射口中央处，含有毁灭性能量的高能粒子束从喷射口中喷薄而出，在漆黑而死寂的虚空中画出一道耀眼的弧线。大地颤动着，平原上的碎石和细沙纷纷飘离地面，那是银色巨人在洁白的月球大地上发出的无声怒吼。

这一切，都发生在短短几秒钟之内。

推进器喷射口处那颗耀眼夺目的新星照亮了整个静海，亮得让人眩晕的白光和太阳一起倒映在戴恩的宇航服面罩上，但此时，喷射口更像是真正的太阳。

戴恩已经是第 23 次观看圣盾引擎启动了，其中的 10 次是他亲自参与启动的，但他感受到的震惊和第一次观看时没有变化。戴恩抬起头，他的目光越过母星蔚蓝的边缘投向虚无的宇宙背景中，那里什么也看不见，但他清楚地知道这一切事件的起源就在那个方向。

那颗和月球一般大小的灾星正马不停蹄地冲向这里……戴恩 12 岁的时候，这颗小行星走入科学家们的视野当中，随着观测和研究的深入，人们得到了一个震惊世界的噩耗，这颗小行星的轨迹终将穿过土星、木星等巨行星的引力陷阱……然后直扑地球。

同年，人类进入了圣盾纪元。为逃避被毁灭的命运，人们提出了无数种解决方案，但最终被认为最可行、最稳妥的就是圣盾计划。人们在月球上安装多个巨型聚变推进器，采集月球上丰富的氦-3核燃料作为能源，通过多次调节让月球进入合适轨道中，在撞击时刻来临时它能刚好运行到地球与小行星之间，成为一面坚不可摧的巨盾！

"以前上物理课的时候我曾经幻想过这个场景，孤单渺小的人影站在漆黑的月球上，巨大而蔚蓝的星球挂在头顶，久久不落……当时我被吓哭了，那种压抑的恐惧感伴随了我很久很久。"

通信器中又传来了那个日本人自言自语般的嘀咕声，戴恩已经习惯了志村这个毛病，只是继续看着300多公里外的小太阳，即使没人理会他，那个家伙也能自己念叨上半个小时，直到一只手拍了拍戴恩的肩膀，他才发现志村已经出舱来到他身边了。

"后来，我真正登上了月球之后，才发现，在这里看太阳才是最可怕的……"

"哦？为什么？"戴恩问道。

"陌生感。失去了蓝天和周围景物的陪衬，太阳就像一个冷冰冰的红色圆盘，挂在一片漆黑之中，完全认不出来，这种陌生感让人觉得恐惧。"

"地上的人们才应该害怕。他们能看到太阳的日子不多了，而你以后还能见到。"

"不，我再也见不到地球上的太阳了。"

"你要留下来？"

"对。我……我已经有 8 年没有回家了，3 号引擎从组装到后期工作我都参与了，我见证了它的每一次启动，它的光芒照亮了静海的平原上百次，所以我想陪它走到最后，亲眼确认它完成最后的使命。那时，我也可以安心地走了。"

"你的老婆和女儿怎么办？她们都还在未来等你呢。"戴恩问道，志村平时总是把她们挂在嘴边，睡眠仓里也贴着家人的照片。

"我留在这里，才是见到她们最快的方法。"志村苦笑着摇了摇头，透过气密面罩，戴恩能看到这个男人眼中的空洞和忧伤，他的心已经不再跳动了，和脚下这颗即将死去的卫星一样。

"对不起。"

"没事，已经是一个月前的事了。"

"因为暴乱吗？虽然这里看不到新闻，但是不用想也知道，极端组织和邪教只会越来越猖狂。"

"不，是变种流感。"

远方的圣盾推进引擎停止了工作，直冲天际的高能电浆束逐渐暗淡下来，一望无际的静海被难以想象的超高温烧成了一片炙红，岩浆不断地起伏翻滚着如同海浪，刚刚那里才有一颗超新星在燃烧升起，而现在一切又归于平静，这便是宇宙的主旋律吧。

"结束了,我们回去吧。"戴恩想说些什么,但最后没想出什么慰藉的话来,只好轻轻拍拍志村的肩膀。

"你先走吧,我想再看一会。"说着他关掉了通信频道,双脚离地向后靠,慢慢坐到地上,他就这样看着烧红的平原,直到它一点点冷却变回原来的样子,隔着厚厚的宇航服,戴恩根本看不清他的身形和表情,但却感受到了他身上无尽的落寞。

距离大撞击还有 20 天 13 小时
美国,纳帕谷,第 13 号长冬新城

"哥哥在月亮上呢。"女孩儿闭着眼睛喃喃地说。

"嗯?你还没睡呀。"母亲轻轻拍打着她,口中轻轻哼着一首摇篮曲般轻柔的曲子,女儿却毫无睡意,翻了个身枕在母亲腿上,睁开两只清澈单纯的眼睛看着她。

"我昨天在电视里看到了月亮上的大房子,可是没有看到哥哥。"

"嗯,他们要把月亮挪到正确的位置才能挡住撞过来的星星。"

"那……那我们以后,是不是看不到月亮了?"

"也许看不到了吧,也有可能会出现一个新的月亮。"母亲想起之前看过的一篇论文,有学者预测大撞击之后,大量星体的碎片和尘埃会围绕着地球运动,地球将拥有一个短暂的光

环,但由于地球的引力无法支撑起光环的存在,最终这些碎片还是会聚集在一起,形成一个新的地球卫星,只是目前还没人能推测出那会历时多久。

"希望新月亮是粉色的,我最喜欢粉色了!上面还要有很多很多糖果!我长大就和哥哥一起坐着大火箭过去。"女孩兴奋起来,滔滔不绝地说着。

"那你们都不陪我了吗?"母亲故意逗她道。

"我们会带一颗糖果做的星星回来陪你。"女孩凑到母亲怀里,像小猫一般用脸颊蹭着她。

"你就是我的星星。早点睡吧,晚安,宝贝。"

"晚安,妈妈。晚安,哥哥。"琪娅看着床头摆着的照片说着,相框中一个十七八岁的少年笨拙地抱着襁褓中的妹妹,母亲则站在少年身旁,一只手搭着他的肩膀,他们脸上都洋溢着幸福的笑容,这幅画面带给她暖意和安全感,所以琪娅把它摆在床头。事实上琪娅和哥哥在一起的时间并不多,他一年只会回家几天,但在有限的记忆里,琪娅还是记得哥哥非常疼爱她,总是会给她讲很多有趣的故事,带她出去玩,逗她开心……然而随着她长大,哥哥的距离却越来越远,从大学到宇航局,再到地球另一面的国家,再到如今他离开了地球。

记忆和思维逐渐变得混乱起来,女孩在不知不觉中睡着了,脑海中各种奇怪的元素拼凑成了一个奇异的世界,它们看上去似曾相识,女孩却说不出在哪里见过它们,天上的月亮坠落砸进混乱的世界当中,如同牛奶滴进了调色板的油彩中一样,此时女孩感觉到哥哥跟她的距离变得很近,梦境与月亮似乎一直有着某种联系,在这里那颗遥远的卫星变得触手可及……

"晚安,月亮。"艾莲说着,轻轻在女孩额头上一吻。

距离大撞击还有 16 天零 3 小时
澳大利亚中部,火种地下基地

火种地下基地的大门缓缓关闭,内部的气阀开始运作,火种地下基地内的空气将被抽空,美国国防部长哈维向火种地下基地肃立敬礼,而地平线另一端的远方是祖国的方向。

总统正长眠于这栋巨大的地下建筑当中,一同沉睡的还有一百多万人,他们是各国首脑、各个科研领域的精英及国际组织的领导人,除此之外,一万多米深的地下还保存着大量科研成果的备份资料和地球上所有已知动植物的基因。

正如这个计划的名称一样,他们是火种,是人类在危难时刻保存下来的最后一丝希望。

圣盾能拦截住小行星,但月球和小行星破碎后的碎片也会给地球带来灭顶之灾,所以联合政府在世界各地布置了大量的核弹,它们将自动瞄准、打击进入大气层内的大碎片,这样虽然能将损害降到最小,可同时也会带来巨大的副作用。

核爆云和星体破碎后形成的大量尘埃将笼罩地球,很长时间内地球都将进入暗无天日的长夜纪元,短则几十年,多则上百年。长夜将会带来一个短暂的冰河世纪，由于缺乏光照，全球的植被会大量枯萎死亡，氧气含量下降，加上温度剧变，最终会导致新一轮的物种大灭绝。外界最终会变得不再适合人类居住，为此，人们在世界各地建立了130余座巨大的地下城市——长夜新城，这些蜂巢结构的庞然大物每一座都能容纳上百万人，人们希望这些巨大的避难所能够让他们支撑到云开日出。

然而，谁也不知道长夜会持续多久，也没人知道地面上还会发生什么灾难……拦截系统未必能完美摧毁所有的大碎片，漏网之鱼将会造成毁灭性的灾难，没有了月球，海洋的潮汐会陷入混乱，大海啸随时可能发生……比起天灾更可怕的是长夜之后的人祸。

为此，人们才开启了火种计划，这一百多万人将在冬眠设施中度过长夜，直到地球的环境恢复正常，那时环境感应系统将把他们唤醒。

耳旁直升机螺旋桨的声音越来越大，国防部长转身准备离开，这个秘密的地下火种基地将会淡出人们的视野，逐渐不会有人再提起。他并不是火种一族，他自己也是守夜人之一。大撞击之后，首先要面对的是如何适应无尽的黑夜，之后还有资源和粮食的危机……日子会越来越不好过，他们只能在漫漫长夜中摸索生存和发展之道。

国防部长哈维坐在直升机的后座，他的发须已经接近全白了，他的左眼瞳孔呈灰白色，眼镜一边总是蒙着黑布，一条腿也似乎有什么隐疾，走路时有些不平衡，然而他壮硕的身材和坚毅的眼神让他看上去并不像一个老人。关于大撞击后的一切，他已经不愿再想了,他一辈子思考了无数的战略,而现在他只想好好休息一下,或许是因为地下火种基地,让他彻底安心了吧。

距离大撞击还有 15 天零 2 小时
俄罗斯,伏尔加格勒,胜利纪念广场

冲天的火光照亮了整个胜利广场,数不清的人围着篝火站成一圈,他们的影子在火光下化作黑线拖在身后,如同一朵绽放的漆黑葵花。他们扭动身躯跳着毫无节奏可言的舞蹈,将木柴、汽油、衣物和所有身边能拿到的东西都扔进火中,火堆随着他们古怪的呐喊声一起越升越高。一个裸体的女人冲到人群前面,愤恨咒骂着什么,然后扯下了脸上的防疫面具,狠狠地扔进火堆里,她的举动就像一粒火星瞬间将其他人点燃了,很多人纷纷摘下面具,畅快地呼吸着冰凉自在的空气。

随着一声巨大的轰响,广场正中央一尊巨大的大理石塑像轰然倒地,那是圣盾计划的奠基人、诺贝尔物理及和平奖获得者——奥哈韦德博士的塑像。推倒塑像的人群发出一阵阵浪潮般的呼喊声,巨像破碎的头部正砸在火堆上,漫天飞溅的火星如雨点般坠下。

混乱并没有持续太久,很快,一辆辆橙色的装甲卡车撞开了人们堆在街头的路障,冲入广场中,紧接着一群荷枪实弹的橙衣武警开始向人群投掷催泪弹,驱赶他们解散集会。

广场上的人并没有停止疯狂的行为,反而变得更加亢奋。

一个男人站在木柴堆砌的高台上大声宣说着什么组织的教义，飘散的火星点燃了木柴，火苗慢慢升起，他的热情却越来越高涨。

玛姬坐在广场角落里一家酒吧门口，看着这出闹剧，她叼着一根香烟，长而白皙的双腿翘在酒桌上，各式的酒瓶横七竖八地倒在她脚下，酒吧早已无人看管了，所有东西都可以随便拿。一辆破败老旧的福特 SUV 从街角处拐了出来，就像从哪部老电影中钻出来的一样。

"你果然在这。"一个男人甩上车门，坐到她对面的椅子上，他右手缠着厚厚的绷带，脸上戴着防疫面具，披着一件老旧的褐色风衣。

"医生不让你随便出门吧。"玛姬说道。

"能让我离开房间的只有你。跟我回去吧，这里不安全。"男子的语气有些烦躁，显然这样的事情不是第一次了。

"市长先生今天很闲吧。"她扭头朝他笑着，轻轻把烟雾吹到他头发上。

"这就是你给我找事的理由？"男子苦笑道。

"这就冤枉我了，今天一天我都在这里喝酒，什么事也没干。"

"你为什么把面具摘了？不知道疫情越来越严重了吗？"

"告诉你个秘密。"玛姬一把搂住他的脖子凑了过去，在他耳边说道："流感细菌们很挑食的，有些人它们不爱吃，这些人就永远不会感染。"她的呼吸混杂着酒和某种香水的味道，闻起来就像是午夜绽放的玫瑰。

"又说傻话了。"柯罗德叹了口气,两人在大学中相识的时候,正是玛姬的浪漫和空灵吸引了他,跟她聊天就是世上最有趣的事情,她脑子里总是有数不清的奇思妙想,然而正是这些幻想使她无法面对和看清现实。

"走吧,别闹了。"柯罗德走到她面前,伸出那只没受伤的手,玛姬抬头把杯子里的鸡尾酒一饮而尽,看着眼前的男人,不知道想起了什么,不住地笑着,说:"还记不记得,我跟你说过月亮是怎么来的?"

"记得。"柯罗德回忆了一下,也笑着说,"撞击分裂学说。地球生成的早期,曾经有一个相当于火星大小的小行星撞击地球,造成的碎片和尘埃后来聚集形成了月球。"

"忒伊亚。"玛姬伸出一根手指补充道,"那颗小行星叫忒伊亚。唉,地球本没有卫星,数十亿年前的一颗小行星创造了月球,而如今,它又将毁于另一颗小行星,就仿佛它本来就没存在过……"她的眼睛出神地看着星空,繁星与火焰倒映在她的双眸里。

"还记得我们是怎么认识的吗?"她接着又问道。

"当然记得,在学校的舞会上。"柯罗德回答道。

玛姬转过身,轻轻把手放在柯罗德手上,脸上不知是因为酒还是兴奋而泛起了一抹红晕,"能再陪我跳支舞吗?跳完我们就回去吧。"

"在这?可是现在……"柯罗德完全搞不懂她的想法,玛姬没等他说话，便一把扣住他的手腕将他拽了过来，另一只手按在他腰间，然后轻轻地靠在他肩头。柯罗德拗不过她，只好也轻轻搂住她的腰。

他们在漫天星光之下默契地跳起了没有舞曲的华尔兹，因为伤了一只手，柯罗德的动作看上去有些生硬，玛姬靠在他肩膀上低声哼唱着某首曲子，她闭着眼睛，靠感觉迎合着柯罗德的脚步。不远处被推倒的篝火堆越烧越旺，呐喊声、哀号声、枪声交汇成一片混乱而遥远的噪声，一群橙衣的武警站在不远处警戒着，而三号长夜新城的市长在和他的情人跳着舞。

"这首曲子真耳熟，是杜鹃吧。"

"杜鹃圆舞曲。"玛姬补充道，"约翰·埃曼努埃尔的。"

距离大撞击还有 10 天零 5 个小时
美国，纳帕谷，第 13 号长冬新城

一个巨大的柱状建筑物矗立在山谷丘陵之中，这是一个用上百万块厚重钢板堆砌成的银色巨兽，坚实的外壁足足有 50 米厚，以数层厚钢板灌注混凝土而成，除了一个巨大的入口，这座建筑没有任何的窗口和装饰，表面光秃秃的，如同一个掉了漆的易拉罐。

人们所能看到的仅仅只是它的冰山一角，大厦有一大半埋藏在后方的山脉当中，而更大的一部分则埋在地下。这里曾经

是个风景如画的酒谷,盛产世界闻名的美酒和白葡萄,而如今人们掏空了这一片的山脉,短短十年就建成了这座能容纳上千万人的地下城市,而它周围的方圆百里也都成了荒芜的不毛之地。

一道光芒刺破了昏暗的世界,闯入空荡的思维世界当中,光线变得越来越亮,最后变成一个光圈,紧接着其他感官一个接一个地恢复过来,海量的信息像潮水一样涌入脑海当中。艾莲剧烈地咳嗽了起来,感觉自己的喉咙像火烧一样难受,慢慢地周围的世界变得清晰了起来,此刻她正处在一个办公室一样的小房间当中,狭小的屋内站满了人,艾莲试图去回忆和思考,但大脑不知为何变得无比迟钝……她隐隐约约听到周围的人在议论着什么。

"可以跟她说话了吗?"

"理论上没问题,但是不要问太多问题……"

"嗯,您好,请问能听到我说话吗?"说话的人坐在艾莲对面,是个看上去四十多岁的中年男子,他的头发近乎全白,眼镜的一边蒙着黑布,一身笔挺的军装更衬托出他魁梧的身材。

"嗯……可以……"艾莲很吃力地说出了几个词,她听不清自己的声音,耳旁满是嗡嗡的蜂鸣声。

"很抱歉用这种方式把您请来。但是事态紧急,而且我们想尽量避免麻烦。"那人脸上看不出任何的表情,一字一句中都充满了威严和不容商量的气势。

"现在……是……是什……么……时间?"昏暗的房间和

压抑的气氛让艾莲有些慌张，她努力拼凑起脑海中的记忆碎片，想起今天几个身着橙衣的工作人员来到家中说要抽血样例行检查，然而一针后她便昏迷了。

"放心，大撞击还没到来……然而圣盾却出了严重的问题，这就是我们紧急将你请来的原因。我们想谈谈你的儿子，戴恩·琼斯的事。"

"他……怎么了？"艾莲心里咯噔了一下，顿时清醒了许多。

"他背叛了我们，女士。"

"你说的我们是指？"

"所有人。您的儿子劫持了圣盾。"那人身后一个愁容满面的FBI官员面无表情地说。

"我不太明白。"

"七个小时之前负责操控圣盾三号引擎的塞勒涅号月球基地发生了爆炸，基地内102人全部丧生。按照应急预案，塞勒涅号月球基地如果发生意外，控制权就会移交给玉龙号基地，玉龙号基地的工作是负责核燃料工厂和引擎的前期建设，人员早已经全部返回地球了，获得控制权后，地面中心将会通过远程遥控来接管工作。但是后来我们发现，玉龙号基地发回来这样一段视频，便切断了与地面的所有联系。"办公桌对面的中年男子做了个手势，旁边的人拿来了一台笔记本电脑摆在了桌上。

"视频不长，您可以多看几遍。"

"我是塞勒涅号月球基地的网络工程师和安全系统主管，

我的名字叫戴恩·琼斯。现在很遗憾地告诉你们一个消息，目前月球已经脱离了拦截轨道，原因是我没有开启圣盾引擎完成最后的推进。"视频中戴恩看着镜头，语气十分冷静，用谈论天气似的语气说着这件骇人听闻的事情，"不过也别担心，我现在依旧可以让它回到正确轨道上，只是在此之前我有两个条件：第一，停用地面上所有用于拦截小行星碎片的核弹装置；第二，我要同联合政府进行视频会议，所有国家和长夜新城的代表都要到场，并且视频内容必须向全世界公布。我将给你们120个小时进行筹备，在这期间我会切断所有通信信号，达到我的条件之后，我将重新启动圣盾引擎。"视频结束了，艾莲看到自己苍白的脸倒映在漆黑的屏幕之上。

"我们已经确认，除了戴恩之外，月球上已经没有其他幸存者了。现在他拒绝与我们进行通信，还屏蔽了地面控制中心的信号。"房间内一个着科研人员装束的人说道，"希望你能给我们一些帮助，比如他童年有没有什么特殊经历，平时有没有表现出对极端思想的兴趣，在密码的设置上有没有什么偏好之类的。"

"等等，请问……你们真的确认过了吗？他……戴恩他是不会做这种事的，他是个开朗善良的孩子，对谁都特别温柔，连陌生人的……"艾莲的声音里带着抽泣，她感觉自己的手颤抖了起来，眼前天旋地转，整个世界都变成了一副扭曲的抽象画。

"我们理解你现在的心情，也感到很抱歉，但是……"

"视频里那个人，不是我儿子。"艾莲的眼泪夺眶而出，完全不顾周围人的目光，失控地放声大哭起来。

距离大撞击还有 10 天零 1 个小时
美国，华盛顿哥伦比亚特区，白宫

美国国防部长独自站在空荡的办公室里，坚持着笔挺的军人站姿。从月球基地发回报告到现在才过了 12 个小时，可对他而言像是过了数个世纪，如果房间里有镜子，他一定会感觉自己变老了许多。他的行事作风一向雷厉风行、大胆果断，几十年来不知道处理了多少危机事件，每次都是行走在生死边缘，但他从没畏惧过什么，似乎任何事情都不能将他打倒，而这一次，他却感觉到了一股深深的无助感。

"调查进行得怎么样了？"手机里传来了新任总统的声音。

"总统先生。"国防部长揉了揉那只灰白的盲眼说道，"还有许多不明朗的地方，但是我基本已经明白事情的真相了。"

"说说你查到了什么吧。"年轻的总统示意他说下去。

"第一，自称为戴恩·琼斯的宇航员炸毁了塞勒涅号月球基地，之后圣盾引擎的控制权自动转交到了玉龙号基地，而玉龙号基地中的人员早已撤回地球了。作为一个备用的空站，玉龙号基地的网络防御系统较为脆弱，他利用系统维护人员的权限，只需要很短的时间就能控制这个站点。"国防部长一丝不苟地汇报着，尽量掩饰着自己语句中的疲惫，"第二，现在控制着玉龙号基地的人并非真正的戴恩·琼斯，经过调查我们发现，有数名宇航员被人秘密替换了，具体的人数我还没有查明，但可以确定是宇航局内的高层人员所为。我们根据仅有的线索深究下去，就像拔出了一棵老树，里面盘根错杂的人物网络大得惊人，甚至牵扯到了数个长夜新城的市长和一些政府部门的高层。"

"你的意思是说，这个巨大的神秘组织，现在控制了月球？"总统惊呼道。

国防部长说道："没错。很有可能是某个极端组织或者教派，更可怕的是，我们并不清楚他们的目的究竟是什么……但我敢肯定，他们绝对是想通过要挟圣盾来达成某些目的，而无论他们提出什么要求，我们都得照做。"

"难道我们没有一点办法了吗？"

"目前没有办法，这个组织很可能在世界各地都有眼线，也就是说，虽然戴恩切断了通信，但组织成员仍有可能通过秘密通信网络向他汇报，我们试图通过这一点找到突破口，不过还没有进展。这就是我想说的第三点，我们必须按他说的，停用所有的拦截装置并且召开联合政府大会。"

"可这有什么意义呢？"总统听上去情绪有些失控，他在电话里大喊道，"没有了拦截装置，撞击后的碎片足够给地球造成毁灭性的打击，这两种做法对于我们而言结果都是一样的！"

"不。"国防部长打断了他，淡淡地说道，"我还不清楚他们为什么要求停用拦截装置，不过，就算我们这么做了，全球的拦截装置一样可以在10个小时之内重新安装启用。"

"你的意思是……"

"我刚刚说，我们现在毫无办法，不代表之后没有办法。戴恩要求视频会议，到那时……只要他一解除信号屏蔽，我们马上就可以发动网络攻击！总统先生，别忘了，我们手上还有全球最尖端的黑客。"

"你是说，我们可以夺回玉龙号基地的控制权？"手机里传来了总统一掌拍在桌上的声音。

"不，不……正面进攻危险太大，我们担心戴恩察觉到我们的行动后会将系统锁死。我们并不会入侵玉龙号基地的系统，这样才能让他放松警惕，我们真正进攻的目标是玉龙号基地周边的工程机械，玉龙号基地附近停放着大量建设引擎使用的巨型机械和工程车，我们预定好了程序，让它们全部向玉龙号基地的方向撞去。"短短的12个小时内，国防部长考虑了太多可能的方案，而这一个是他反复思考和改进后认为最可行的方案。

总统有些不解道："可……可杀了他也无济于事呀。"

"我不是为了杀他，我是要破坏掉整个玉龙号基地，系统检测到基地被破坏之后，就会把控制权转交给一个叫赫尔墨斯的备用临时站点，那个小基地只能控制三号引擎，那就足够我们把月球送回撞击轨道了！"国防部长说出了整个计划，电话两边都沉默了，过了近一分钟后，总统那边才传来声音。

"有多少成功的概率？"

"无论概率多小，只要成功了，那就是百分之百。"国防部长如实答道，"无论怎样，我们都得试试，中国、俄罗斯或其他国家可能也在筹备类似的攻击，为了国家和联合政府的利益,请您做决定吧。"

"你不是都已经想好了吗?还问我干吗?"总统苦笑道。

"您是总统。"

"哈哈哈,总统?总统早就冬眠了,我不过是临时拉上来做样子的傀儡罢了。"电话另一头传来了一阵阵凄凉的笑声,"我算什么总统?长夜之后,所有新城都会自然而然进入自治状态,国家的概念早已名存实亡了。去做吧,我信任你,无论你需要什么,我都会批准的。"

"天佑美国。"国防部长严肃地敬了个军礼。

"天佑美国。"年轻的总统在胸口画了个十字。

距离大撞击还有9天零5个小时
俄罗斯,伏尔加格勒,第3号长夜新城

"你好呀,恐怖分子。"

"噼啪。"通信器中传来了两声嘈杂的电流音,过了几秒钟才恢复过来,一个男子的声音传了出来,"少嘲笑我,混蛋。"

"哈哈哈。"平日愁眉不展的柯罗德难得大笑了起来,接着说道,"这下你可威风了,跟你比起来,本·拉登算个球。"

"别闹了,赶紧汇报一下吧。核弹都拆除了没?"戴恩的声音混杂着奇怪的电流音,听起来非常滑稽,他们通过一颗加

密过的小型民用卫星通信,信号不是很稳定,但起码安全。

"90%都停用了,起码俄罗斯境内的我确认过了,其他的还要等他们上报。上帝保佑,你到底在搞什么呀?连我都被你吓了一跳。"柯罗德叹了口气,又问道,"菲尔特他们……"刚开口他欲言又止。

"月球上,现在只有我一个活人了。"戴恩回答道。

"杰诺。"柯罗德用了真名称呼他,问道:"你们为什么提前动手了?发生了什么事?为什么要炸掉基地?"

"……"戴恩沉默了一会儿,然后道,"我简单说一下吧。炸基地的不是我们,而是一名日籍的宇航员,他的妻女都死于病毒,他应该是知道了真相,于是偷偷在基地里安装了爆炸物……只有我当时在基地外检修,所以幸免于难。我们原本打算控制住基地之后,就把所有事情都公布出来,但是事情搞成这样,我说什么都不会有人信了,所以我只好用最快的速度控制了玉龙号基地。"

"你这样做确实是唯一的办法了。"柯罗德也叹了口气。

"无论怎样都得把计划完成,用哪种形式其实都不重要……就算只剩下我一个人。"

"我们会记住你们的牺牲的……可接下来你打算怎么做?"

"将一切公之于世,这就是我要求召开世界会议的原因。在那之后,我会继续完成计划。"

"你要当心点,我虽然不知道各国政府还能拿出什么手段,但是你现在可不是绝对安全的。"

"放心吧。"戴恩笑了笑道,"他们不害怕我做什么,他们只害怕我什么都不做。"

"时间快到了。还有什么事要说吗?"柯罗德看了看表,他们每次通信的时间不能太长,以免暴露。

"还有多久?"

"一分钟吧。"

"给我唱首歌吧。"

"你有病吧?"

"或者你随便说点什么都好,这基地里什么都没有,时间长了,能把人逼疯。"

"我只会唱老歌。"柯罗德有些尴尬地咳嗽了一下。

"那就唱吧,时间到了就挂。"说完这一句,戴恩就沉默了,话筒里就只剩下嘈杂的电流噪声。遥远的38.4万千米外,一座不起眼的建筑物孤独地立在广袤苍凉的月海边缘,基地内一个青年男子坐在空旷的控制室内,他让椅子向后倾斜,整个人都躺在上面,两只脚挂在面前的台子上,他轻轻将通信器向上一抛,椭圆形的黑色小盒子几乎触到天花板才缓缓下降,最后落到他手里,整个空间里都回荡着一首略微跑调的《莫斯科郊外的晚上》。

距离大撞击还有 5 天零 1 个小时
瑞士，圣盾计划地面总观测站

"夜晚世界的公民们，你们好。"

戴恩·琼斯的脸庞出现在会议大厅中央的巨大虚拟屏幕上，这里并不是联合国大厦，而是位于瑞士的圣盾计划地面总部，周围以半圆形扩散开的阶梯上，整整齐齐三千多个座位已经坐得满满当当的，第一排的座位上坐着五个常任理事国的代表团，再往后是其他各国代表团、各个地区避难所的代表和媒体席位。应戴恩上次通话时的要求，这次会议将实时转发到全世界的电视和网络平台上，可想而知，现在全世界已经被引燃了，每一台能接收网络数据的设备都在直播这一次对话，包括时代广场的大银幕上。

随着他的露面，现场顿时一片哗然，整个会场乱成了一团，所有人都在打电话和拼命按着快门，闪光灯疯狂地闪烁着，生怕漏掉了一毫秒的珍贵影像。会场外还有无数的人拼命地要闯进来，催泪瓦斯和空包弹几乎失去了效果，疯狂的人群像失去了理智的行尸走肉，他们奋力推着前面的人，一个踩着一个拥挤着向前推进，人潮像沸水一样翻滚着，一具具踩踏而死的尸体和无助的儿童被遗弃在涌动的人群之后，他们的眼睛中没有了色彩，只剩下本能和躯壳在最后的真相和希望面前癫狂地呼喊着。

巨幅的投影屏上，戴恩的头发凌乱地被汗水黏在额前，眼神中带着一丝不易察觉的疲惫，脸上依旧挂着微笑，身后的背景是玉龙号基地控制室内钛色的墙壁和纷杂的仪器线路，他端坐在控制台前，双手十指交叉着放在台上，语气平和地说道："很高兴能在这里与全世界对话，我代表月球和玉龙号基地向你们问好。"

让人没有想到的是，他说完这句话后，现场所有人都停下了议论和争吵。要挟着月球，要挟着全人类命运的罪人就在那片屏幕上，他听着、看着这里的一切，却没有人上前辱骂、指责，或者朝他丢鞋子，也没有人过去指着戴恩的鼻子说他是疯子、恐怖分子、杀人凶手……会场陷入一种近乎死寂的沉默当中，正如之前戴恩说过的一样，人们不害怕他做什么，人们害怕的是他什么都不做。

"你好，戴恩·琼斯先生。"一个高瘦的中年男人缓缓走出前排的席位，他长着一张马脸和高挺的鹰钩鼻，有些堪忧的发际线下是光亮而饱满的额头，这位俄日混血的新任联合国秘书长笔挺而郑重地站在大屏幕前，他宣布会议正式开始，并对着镜头说道："我的名字叫范加尔·米霍，联合国现任秘书长，在开始之前，我必须先声明，我们此次召开联合国紧急大会，是为了寻求和平有效的途径以解决眼前的事件，而并不是威胁之下的被迫妥协。安理会认为需要与你进行正式的会谈，因此我们应你的要求，召集了所有的主权国际、地区代表和137个长夜新城的最高领导人参与此次会议，并向全世界公开对话内容……"

屏幕上的宇航员微笑着开口说着什么，过了一秒钟左右的延迟后，他的声音传入了会场："对于这段时间里给你们造成的困扰和恐慌，我深感抱歉，我必须找到合适的身份才能与全世界对话，并且让所有人都能认真听进去。请你们放心，我并不是一个反社会分子，也没有对任何人抱有恶意，只要我把话说完，我保证月球很快就会回到正轨。"

"现在能告诉我们，你的目的是什么了吗？你究竟要做什么？琼斯先生。"现场开始传来小声的议论声，但秘书长依旧保持着镇定的神色。

"我什么都不想要，先生。"戴恩摊开手苦笑了一声，"想想我的处境吧，现在薛定谔的月亮只有两种情况，要么圣盾被执行，月球会在撞击中粉碎，我将会比你们任何人死得都早。要么圣盾不被执行，地球会在撞击中毁于一旦，我将在孤独中度过短暂的余生，上帝保佑，基地里的补给只够我活三个月……更可悲的是，这里的引力低得让我没法上吊。所以，我还能想要什么呢？地球上的先生们、女士们，我唯一的心愿就是你们听我把话说完。"

"我是塞勒涅号月球基地的宇航员之一，负责2025-J025号小行星拦截工程，也就是人们俗称的圣盾计划。而我想要告诉你们的就是，所谓的圣盾……"说出最后一句话时，戴恩顿了顿，屏住了呼吸，"不过是一个骗局！"

"圣盾展开后，能活着见到黎明纪元的人已经注定了，就是作为火种的那一百多万人。而其他人，对，就是你们每一个人，都得死。布置在世界各地的核弹装置在大撞击后瞄准的不光是进入大气层的碎片,还有你们赖以生存的那一百多个长夜新城……"戴恩的眼神充满了坚毅,鼓起勇气说出了这骇人听闻的真相。

"琼斯先生……您知道您在说什么吗?这简直是世界上最恶劣的玩笑!"一个新城代表突然站了起来,一掌重重地拍在桌子上,说话时整个人都因为气愤而颤抖着。

"h7n2根本不是什么变种流感。"戴恩并不理会他的打断,继续说道,"而是一件武器,人造的基因武器,以削减人口为目的而被研制出来的,用于对某些人种或某个地区的人群进行精确打击,而不会影响到非目标人群。2025-J025号小行星早在2048年就被发现了,但直到2050年才被公布出来,而这两年正是h7n2爆发的时间。他们一开始的目的只是削减人口负担,将人口控制在人造城市能容纳的最大上限之内。但后来,随着圣盾计划的进行,那些资本家、政客和尖端科研人员所掌控的资源越来越庞大,权力、资本、科研资料和最高权限……无论想要什么,只要以圣盾为名,他们就能无止境地向社会索要。最终,这些人成为一个组织,那就是火种,他们的人数只占总人口的两千分之一,却掌控着全世界95%以上的资源和权力,对于他们来说,小行星、圣盾,还有在座的每一个人,不过都是他们的棋子。"

"目的呢?"秘书长开口问道,"这样做对他们有什么益处?你又有什么证据,能证明你说的一切呢?"

"证据我自然会给你们,现在先让我把话说完。圣盾计划可以说已经万无一失,对于他们而言,冬眠和平时睡一觉没有什么区别，不同就在于一觉醒来，世上就没有了能源危机，没有人口问题，没有土地争端，没有沉重的国家福利和嗷嗷待哺的刁民们，阴霾散尽，阳光下只有一片净土和即将拔地而起的乌托邦。"

在满堂唏嘘和惊骇声中，戴恩低头在电脑上操作了一会，一份份机密的资料文件被放映在屏幕之上，"所有人都听说过圣盾计划，可是有人听说过捕月计划吗？在末日危机面前人类的潜能彻底展现了出来，真正投入使用的圣盾引擎远远超出20年前的预想，原先的计划只是通过多次调整使月球进入预定的位置，可后来我们发现，在月球上建设的12台巨型聚变发动机在满负荷的状态下足以让月球停止自转脱离地月系，如果月球朝小行星的方向驶去，小行星掠过月球时将会被月球引力捕获，然后偏离自己的轨道撞向地球的轨道，由于质量相近，月球与小行星会成为一个双子星系统，能源耗尽之后，这两颗星球将永远流浪在虚空当中。

"地球本可以避免长冬，然而圣盾计划在权力集团的控制下变成了一个扭曲的怪胎，捕获学说还未发布就遭到抹杀，提出这个计划的学者人间蒸发，所有研究资料都被清空。然而，就算火种组织手眼通天，知情者的团体依旧在壮大，我们成功渗透进了多个重要部门，在他们进入了冬眠之后，我们开始行动了。通过渗透和暗中替换人员，我们成功控住了塞勒涅号月球基地……以上，就是我要说的一切。"

这一连串的信息彻底将人群引爆了，秘书长维持秩序的声音瞬间被十几种不同语言的浪潮所淹没，他无力地看着阶梯座席上的人，心底却有一股说不出来的轻松，无论可靠性有多少，这个消息都是他这么多年来听到的最好的消息,他能想象到世界各地已经和这间会议室一样沸腾起来了。

"不能停止了吗?"在繁乱的嘈杂声中,美国代表团的席位上,总统只是低声问了这样一句。

"我们来不及了。"国防部长满脸都是虚汗,眼镜被他摘下扔在了一旁,那只灰白的盲眼无神地看着总统。

"……他已经把资料公布出来了,我们用远程控制也能做到的,对吗?"总统的语气近乎是在恳求,他是如此渴望一个肯定的回答。

国防部长脸色惨白地摇着头:"临时站一次只能操控一个引擎,根本完成不了这么复杂的任务。"

"抱歉,我或许不能遵守承诺了,因为我最终不会把月球推入碰撞轨道,而是要带它离开。至于地下的那一批人……"最后,戴恩站起身来朝屏幕挥了挥手,还想再说些什么,然而一声巨大的爆炸声结束了这段对话,信号被严重干扰,色块和雪花布满了屏幕,如同一副抽象画,人们最后看到的画面是塌陷的天花板、破玻璃和喷溅而出的鲜血,然后视频里没有了任何声音,在死一般的寂静中,信号切断了。

撞击时期前 100 秒
俄罗斯，第 3 号长夜新城

似乎是为了迎合这个特殊的日子，今天的夜空异常晴朗，天空中一轮皎洁的满月比往常见到的都要大，如果足够仔细，还能看到月亮的光晕当中隐藏着一轮月虹，墨迹似的黑色阴影点缀其上，宛如绘在无瑕白玉上的水墨河山，盈盈皓月凝望着苍茫的大地，温柔的月光融入清凉的夜风里，随着风的流动浸润，大地万物为它们染上一层月的光辉。一道模糊而灿烂的星河横在漆黑透亮的夜的幕布上，像是一片摊开的上好古墨，星星则像是无数银亮的颜料滴在其表面上。

"你又跑出来了。"柯罗德老调重弹地说道，"你应该好好待在地下，外面很危险。"

"能有什么危险？就让我最后再吹吹风吧，以后就会一天天冷起来，风也会变得刺骨而致命。"玛姬舒展着四肢躺在草地上，周围的草足足长到人的膝盖那么长，起风的时候，草穗起伏，就像是浪潮在涌动。

"核弹系统能拦截大块的碎片，但是数量庞大的小碎片就成了漏网之鱼，那些小型陨石也是非常危险的。"柯罗德走到她身边坐了下来，他手上的绷带已经拆了，那是几个月前在一次袭击中被子弹擦伤的。

"对呀，所以我才出来许愿呀。"玛姬脸上并没有末日来临的忧郁和恐惧，反而带着一丝兴奋说，"这一定是史上最壮观的一场流星雨，这时候许愿一定是最灵的。你也躺下好好看一看吧，进入长夜之后，你不会有多少闲暇时间了。"

"无论如何……我都会抽时间陪你的。"

"这不是我今天想许的愿望。"

"你害怕吗？"

"我所热爱的事物，都将在长夜中消亡。但因为你还在我身边，我才有了勇气活到末日这一天……所以，我还有什么好怕的呢？"说完，玛姬抬起手看了看表道，"时间到了。"他们一同抬起头看向天空。此时，全世界20多亿人无比默契地同时抬起头看着天空，人类总是喜欢把月亮比喻成悲伤和绝美的女子，今天，它亲自主演了这场献给全世界的史诗悲剧。

撞击时刻来了。并没有人们想象中惊天动地的大爆炸，月亮只是轻轻震动了一下，随后一块块黑色阴影在月面上浮现了出来，月球就像一块扔进牛奶中的曲奇饼干一样，分裂崩塌，变成了一堆苍白的不规则碎片，不知道那是月亮的碎片还是小行星的碎片……由于星体被撞击破碎后，反射太阳光的面变小了，月亮碎片发出的月光比之前暗淡了很多，随着时间的推移，发光的碎片变得越来越小、越来越暗，天空中仿佛多了一片聚成一团的群星。最后，这些大碎片陷入地球的引力陷阱之中，进入减速轨道慢慢坠向地面，那些月亮爆开所诞生的星星，一颗接一颗地消失了，月亮就此彻底消失了，夜空也随着黯淡了几分。

"起来吧，该许愿了。"玛姬从地上跳了起来，一把将柯罗德拽了起来，她兴奋得像个四五岁的孩子，两手交叠放在胸前，闭上了眼睛……

下一秒，整个天空都燃烧了起来，数不清的流星划过天际，宛如成群结队的剑鱼划破了海面，一瞬间，仿佛亿万星辰坠落，漫天的火光让整个天空都亮如白昼，流星长长的尾部互相交错联结，构成一道横贯天际的烈焰银河。无数的星体碎片坠入大气层，剧烈的摩擦使大气发生电离，一道道灿烂美丽的极光出现在夜幕之上，巨幅的极光不断变化着形状，仿佛是在为漫天的流星伴舞。部署在世界各地的核弹装置倾巢而出，对那些体积过大的碎片进行精准打击。人们用最后的时间恢复了拦截系统，并且修改系统取消了对长夜新城的打击命令。

人们最终还是得救了，今夜无事，只是这夜会较为漫长，而披露了圣盾真相的戴恩，只能随着某颗燃烧的流星划过夜空，最后化作灰烬。

"你许了什么愿望？"柯罗德问道，他看着身边的玛姬，她闭着眼睛不断默念着什么，极光和星火映亮了她的脸庞，一时间美丽得如同传说中圣洁的女神。

"当然不能告诉你。"玛姬朝他做了个鬼脸，然后像往常一样朝他伸出一只手道，"咱们该回去了，长夜已至。"

"长夜已至。"柯罗德点了点头，牵过她的手，远方的地平线上一抹鲜红的极光还在闪耀着，宛如旭日正要冉冉升起。

映在纱帘上的光芒

希望的彼岸

文／异议

1. 明朗星

静谧的落日

令人神往

芸芸众生

任时光荏苒

希望之光,映照着山峦

心爱之人

她正在群山的彼方

浩渺苍宇中,一艘闪耀着金属光芒的轮盘状人类舰城"诺亚号"正在漂泊穿行。在人类眼中,这艘舰城壮阔宏大,尽管它和整个宇宙背景相比显得如此渺小。

"诺亚号"，生活区，X448 房间，AM7:00。

　　房间的主人尼克正哼着小曲儿，他一边洗漱，一边想念他已中意很久的女孩莉莉娅。尼克是质检机构的工作人员，每个工作日都要四处奔走，去检查并鉴定很多个舱区设施的安全程度。每当完成一次工作时，他都要回到质检机构上传记录，而登记员莉莉娅每次帮他上传记录时都微笑着向他问好，询问工作是否顺利。每当可爱的莉莉娅关心他时，他的心就在怦怦直跳。

"诺亚号"，民众大厅旁通道，AM7:32。

　　尼克正乘坐着便捷式飞行器在通道中穿行，而周围也有各式各样的飞行器在四处飞行，各自飞往不同的路口。他透过通道的厚玻璃看到，民众大厅处，人山人海，大门上的显示屏投射出3D的影像——一颗浅蓝色的行星在围着另一颗红色的恒星旋转，旁边排列着一堆浮动的字体，"'诺亚号'即将到达明朗星所在星系！欢呼吧各位！"（明朗星，早在诺亚112年就被发现，并被认证为诺亚人类的首个距离仅为50光年的可居住行星。）

　　通道与外界之间有一层用以驱动飞行器的真空电磁场，尼克自然听不见外面的声音，但他可以感觉得到，人们在欢呼雀跃着。想象着在明朗星上的一切，他也逐渐激动了起来。忽然他的头部莫名地闪过一丝疼痛。尼克摇晃了下脑袋，并不太理会。

　　"等登上了这颗行星，我要牵着莉莉娅，和她一起躺在沙滩上，就像远古的地球人一样，听着沙沙的海浪声，凝望着天空的星辰……"正当尼克想得入神时，后面传来一个熟悉的声音。

"嘿，尼克，你还好吧？"这个声音很快地飘到了尼克的右手边，尼克微笑着望去。

"嘿，莉莉娅。"

"尼克，告诉我，你现在是要去工作吗？"莉莉娅看着他身上的领带西装。

"嗯。"尼克答道。

"是不是接到紧急任务要去工作啦，嘻嘻。"

"呃……为什么这么说……"

"今天可是周六啊，难得可以休息……"

"嗯？今天……"尼克低头打开了左手的银色金属表，分明看到显示屏上写着"诺亚855年，6月14日，星期六"。

可尼克分明记得昨天是周四，昨天他还去舰城轮盘的中心处对主轴躯干进行检测，这可是他唯一一次待在太空那么长时间，而昨天外出前要进行登记，时间是6月12日，周四，他可是记得清清楚楚的。

"这里面……可能出现了什么问题。"尼克想着。

"尼克，你怎么了？……"莉莉娅那双漂亮的大眼睛正盯着正在发呆的尼克。

"哦，没事，莉莉娅你要去哪儿？"

"我想去大厅看看，那儿很热闹呢。"

"那，我陪你去吧。"

"你不是要去工作吗？……"

"并不是多要紧的活儿。"尼克微笑着望着她。

"诺亚号"，民众大厅处，人山人海，热闹非凡。

大厅是一个巨大的舱间，足以容纳上千万人，而大厅的中央是一个大平台，现在大平台处投映着影像，这是一位似乎是科学家的白发老人，他激动地说："诺亚人终于要过上行星生活了！在太空中漂泊，永远都有无数的未知危险，我们就像离开了母亲的浪子。而今天，我们遇到了可以停泊的海岸，我们的未来，将因此更加光明！"说到这里，人们再次欢呼。

"那么，女士们、先生们，现在请静下心来，一起观赏由拓扑号天文望远镜所拍摄的明朗星的影像吧！"

人们充满欢喜地看着，而在人群之后，尼克和莉莉娅站在那儿。

"哇，多么漂亮的蓝色星球。"莉莉娅小声地惊呼。

"是啊……"尼克回答道。

"莉莉娅，我有话要跟你说。"

"嗯？"

"其实……其实我已经喜欢你很久了。"

莉莉娅惊讶地望着他。

"莉莉娅，你……"

莉莉娅把头深深地埋在他的怀里："尼克，你这白痴。"

抱着莉莉娅，尼克发现她哭了。他内心受到了触动，双眼在此刻也湿润了。

在这无边无际的太空中，在这靠机器来孕育人类的飞船里，每个人都是真正意义上的孤儿，自小都只能依靠自己和照护系统生活。能在成年后找到一生的依靠，不再畏惧无边的流浪，真的是一件幸福的事情啊。

而且，"诺亚号"已经要到达明朗星所在的星系，诺亚人也找到依靠了。

2. 寻找记忆

诺亚855年8月15日，周日。"诺亚号"，医疗F区5号间。

"我在微波的脑部解析图中，发现了你的大脑中存在的问题。"

"怎么会……那是什么问题？"

坐在医疗5号室的两个人：一名是身穿白色大褂的精神科医生，另一名是尼克。尼克在昨天发觉日期不对后，便意识到这应该不是他记错了，而可能是……

"记忆锁。"

"记忆锁？"

"是的,这是一种较前沿的脑部手术,原本是用来治疗患抑郁症病人的大脑,没想到这会出现在一个正常人身上。我也是用了相当大的功夫才在你的大脑中找到的。"

"这种技术只会出现在诺亚高层的科研人员的实验室中,我也是无能为力,除非……"

"除非什么?"

"我记得有一台用来恢复记忆的医疗设施,就在诺亚科研中心的基因鉴定所。你可以去那里试一试。"

"诺亚号",诺亚科研中心。

尼克走进了基因鉴定所,陪着他的还有他的女友莉莉娅。

鉴定所里人来人往,一名满脸胡须的保安迎面走了过来。那名保安看见了尼克,他瞪大了眼睛,步伐缓了下来。

"先生有什么事?"尼克问道。

"没事……你叫尼克对吧?"

"是啊,你怎么知道?"

"没什么。"那名保安说完快步走开了。

……

"由于个人隐私,只能一个人进去。"守在鉴定间 001 号门口的护士说道。

"尼克,祝你顺利!"莉莉娅温柔地搂着他。

"嗯。"尼克亲了下莉莉娅的额头,转身走进基因鉴定房间。

经过体检,医疗人员确定了他的情况,并为他进行恢复记忆的治疗。

尼克躺上胶囊式的医疗床,看着身前的玻璃护板缓缓地合上。

"别紧张,很快就会好的。"医疗人员安慰他说。

"嗯。"尼克闭上了眼睛,他并不紧张,只是感到奇怪,为什么6月13日的记忆会被上锁,是谁干的?这里面究竟隐藏着什么?

尼克不知道的是,这短短的一天曾经使他的人生轨迹发生了小小偏移,而现在,这一天的记忆又将彻底改变他的一生。

3. 梦醒时分

诺亚855年,6月13日,"诺亚号",诺亚科研中心。

尼克今天的工作是前往诺亚科研中心的高层办公室进行暖气设备维护。这对富有工作经验的老手尼克来说是一项简单的工作,他只需要检查关键部位的暖气阀门,以及用红外探测仪检测管道裂缝就行了,毕竟高层机构的设施都经常养护,很少有较大问题。

尼克来到了这间高层办公室,他看到周围陈列着一排排的书籍,墙上挂着一些壁画,旁边摆放着一些真皮沙发。四处呈现出地球人类才有的古老风格，尤其正中间有一幅很显眼的水墨中文繁体字画，上面写着"贈與人類以希望"。这间办公室的主人是年近古稀的老科学家巴罗尔，长期研究几百年前就被发现的明朗星，在"诺亚号"久负盛名。

"先生您好，我是质检机构的尼克，请多多指教。"尼克恭敬地向老巴罗尔问好。老科学家正坐在办公椅上，他抬起头，挥手向他示意，又继续埋头对着显示屏进行工作了。

"真是令人敬佩。"尼克想着，走进了办公室旁的暖气设备间……

半个小时过去了。

"巴罗尔！你这老家伙的馊主意要搞到什么时候！"办公室大门"嘭"的一声打开了，一名身着黑白制服的中年人闯了进来。

"哦？雷夫曼，好久不见。"老巴罗尔缓缓地抬起头，眯着眼望着那中年人。

雷夫曼怒气冲冲，他大步走到巴罗尔面前，一字一顿地说："用电磁激荡场改变'诺亚号'周围的能量，使舰外的光线失真，然后你就利用激荡场捏造人们所看到的外面的景象，从而使人们相信那颗气体星球明朗星是淡蓝色的宜居岩石星球，是人类的希望，这就是你的馊主意！"说完，雷夫曼把手中的相关资料"啪"的一声摔在巴罗尔的办公桌上。

正在暖气设备间工作的尼克听到这句话，不由得吃了一惊，仔细地听了起来。而外面说话的人并没有发现他，老巴罗尔也早忘了设备间有人。

巴罗尔神情严肃起来："不然还能怎样？事情已经到这种地步了！"

"是啊，到这种地步。"雷夫曼咬牙切齿，"只因为那几百年前公投出来的愚蠢决定！"

"唉，现在说什么也无济于事了。航历231年，循环系统损坏；航历235年，循环系统确认无法完全修复，人类在'诺亚号'上独立生存的资本已经不是稳定的了，慢慢地，没有循环能力的舰城资源逐渐消耗，直到今天，终于要枯竭了。然而，我无法认同你所说的所谓'愚蠢决定'。"

"哼！"雷夫曼很不屑。

老巴罗尔平静地说道："回顾历史吧，孩子。在翻开历史卷轴的过程中，你会发现，当时的人类生活是多么的艰难，他们虽是生在'诺亚号'上，但他们可以从望远镜中眺望远方的故乡，他们牵挂地球，内心就像游子般的孤独。当时要是将这个坏消息——没有循环能力的舰城，往前是逐渐死亡，往后……呵呵呵，没办法回去了，所需的回转力以及穿过黑洞引力限制区域所需的能量远远超过整艘舰城的能源。将这个坏消息透露给他们，不知道会有多少人崩溃。"

"但压力也能产生动力！或许人类可以因此产生技术飞跃，或许可以挽救啊！"

"你还是无法理解。当时的人们就像荒漠中行走多日的独行者，在烈日炎炎之下，要是突然知道自己已经无法走出沙漠了，你觉得他会怎么做？"

雷夫曼斜着眼睛瞪着他，沉默不语。

"当时的'诺亚号'穿过的是一片荒凉的宇宙空间，并没有能源型行星可以得到多余的资源用于更大的技术研究，因此几百年前的舰长以及他的下属只能进行隐瞒，让'诺亚号'上的人类误以为循环系统仍在运行，由此维持整个社会的稳定有序。"

老巴罗尔继续说道："即便朝着具有可利用能源的星系前行，也得花费很长的时间。为了控制舰城上仅有的资源，就必须控制人口数量，为了平等起见，人们失去生育的资格，所有新生儿只能从实验室中诞生。而之后，又产生了新的问题，人类的孤独感，人与人之间几乎不存在血缘关系，尽管他们通过组建家庭来培养感情，可这终究不能解决心理上真正的亲情缺失感。之后，几乎所有人类患上了无法治愈的微抑郁症。在这种情况下，起初的人类隐瞒了真相，此后世世代代都在苦苦探寻求生之道……转眼间，625年过去了。"

"现在……我们全完了……啊！"雷夫曼抱头痛哭。

"别担心，雷夫曼。"老巴罗尔站起身，走到痛哭着的雷夫曼身前，拥抱着他。

"别担心，孩子。至少现在我们拥有了一种记忆消除的成熟技术，可以利用弱化激光在脑神经上修改人脑的记忆。"

雷夫曼明白了，这又是一次……他猛地推开巴罗尔，双眼通红地怒斥道："连我也要欺瞒吗？"

"只能这样了，让你忘记这多年来的痛苦。"

"可我宁愿直面真相！"

"我只怕你会崩溃,然后像疯子一样到处散布消息。"老巴罗尔点开了 3D 影屏上的图像,一个满脸胡须的保安形象显现了出来。

"老先生,请问有何吩咐?"

"叫工作人员来办公室。"

雷夫曼瞪着眼:"你这老家伙!"

过了一会儿,满脸胡须的保安队长和一群身穿西装的人走了进来。

"将他带去贝塔实验室,执行 B 计划。"

"是!"

雷夫曼无奈地被带离了办公室。

"等等!"就在尾随其后的工作人员要离开办公室时,老巴罗尔突然开声。

"去暖气设备室,把里面的人也给我带出来。"

"收到!"

正在暖气设备室工作的尼克无意中听到了这一系列的对话,他已经被惊得目瞪口呆。

很快,他被一群黑衣人挟持着走了出来。

"可怜的孩子,让你受惊了。"老巴罗尔说着,挥着手示意工作人员退下,那群黑衣人松开了尼克,转身离开了。

"没想到，竟然是这样的事实！"尼克瞪着双眼看着这位老人。

"不过不用担心，之后我会让你忘掉这一天的，现在，现在我们先来聊一会儿天吧，看在我这个守护着真相几十年的老人的面子上，和我聊一聊吧。"

老巴罗尔邀请尼克在红木沙发上坐着，随后秘书又端上了两杯咖啡。

"谢谢。"尼克说。

"不客气，先生。"秘书离开办公室，顺便关上了门。

尼克抢先问道："巴罗尔先生，您所说的，经历了 625 年，难道我们真的没有在途中遇到可利用资源吗？"

"有的，比如在 420 年，'诺亚号'途经红宝石星系，在那里采集了很多的能源，但因为该星系的恒星处于不稳定的爆发期，非常危险，因此人类只在那里待了几年时间就离开了。而之后也出现过类似的情况，有一次差点酿成重大事故。

"就在 745 年，人类到达洛西法星系，那是一片星球繁多的星系，同时也是拥有着双恒星的系统。具有各类星球，除了毫无生命迹象，这里简直是资源的天堂。而且双恒星表现得非常稳定，而周围的行星虽然偶尔会发生碰撞，但是我们可以通过数学建模进行预测，避开碰撞点，同时将舰城安放在外轨道上，让能源母船前往资源区，从而稳妥地采集这个星系的丰富资源。但是，据史书记载，当时能源母船在一次收集能源后的返回途中，也就是返回诺亚舰城的过程中，遭遇了无法预料的恒星风暴，当时可能技术不够成熟，没有发现到一颗小陨石撞击其中一颗恒星后所带来的连锁效应。这场事故中，整艘母船的电磁护盾都被震碎，随后是周围小行星对母船的猛烈撞击……"

"那，最后如何？"

"整艘母船上的5 000多人全部遇难。"老巴罗尔双手捂着头，沉重地说道。

他接着说："之后，之后就再也没有遇到过资源丰富的星系了。"

"于是就到了现在，末日来了。"尼克接着说道。

"是啊，从以前的探索未知，到寻求生存，而现在，可笑的是，现在是在寻找合适的安乐死。所谓的明朗星，当我们到达那里时，便是资源无法补充，彻底耗尽的时候了。"

尼克再次震惊了。

老巴罗尔突然唱起了古老的歌谣，沙哑的声音在空旷的办公室中回荡着：

"万物轮回间，

尘归尘，

土归土，

为你裹上一匹马革，

为你掘出一处坟墓，

为你盖上一抹尘土，

让你安详沉睡在无边的白雾……"

"啊!"

尼克被吓醒了,他觉得刚才做了一个真实却又奇怪的噩梦,可这是梦吗?摇晃下迷糊的头脑,他发觉自己躺在一个玻璃舱内。原来自己还在刚才的胶囊舱内。

"那么,这是真的?"

尼克心脏猛烈地跳动了起来。

"哗"的一声,玻璃板自动打开了。

在外面的医疗人员奇怪地看着他:"先生,感觉如何?"

尼克强制自己镇定下来:"没,没事,我刚才只是做了个怪梦而已。"

"那,现在还记得起来 6 月 13 日的事情吗?"

"嗯,记起来了。"尼克镇定地说道,可内心却在颤抖着。

忽然,鉴定房的门被打开了,一个熟悉的身影走了进来。

4. 醒来之后

静谧的落日

令人神往

芸芸众生

任时光荏苒

希望之光，映照着山峦

可当我拨开纱帘时

才发现，所谓的夕阳与山峦

是炙热的火球

和滚烫的岩浆

"诺亚号"，诺亚科研中心，鉴定间 001 号。

尼克从医疗舱内爬出，此时，鉴定房的门被打开，有一个人走了进来。

"老，老先生！"尼克看到来者正是那名年老的科学家，巴罗尔。

巴罗尔神情严肃，他把医疗人员叫了出去并把门关上。

"果然，在进行记忆刻印时，电脑曾显示，你的大脑部分具有很强的抵抗能力，这导致了刻印进度无法达到 100%，因此还是被你发现记忆缺失的漏洞了，"老巴罗尔顿了顿，然后继续说道，"真的很抱歉，尼克先生，我应该叫人严加把守科研中心的，不应该让你轻易进入，令你遭受如此打击，实在是抱歉。"老巴罗尔向他微微鞠躬。

尼克站起身，正色道："不，老先生，不必道歉，您内心所承受的痛苦是我现在所遇到的百倍。"

"但是,此后的你会比我更加……你还不明白吗?"

尼克怔了一会儿,巴罗尔双眼悲切地凝望着他……尼克突然顿悟了,是的,他无法进行真正的记忆刻印,他无法真正的抹除这件事在他脑海中的存在,即使现在继续进行记忆刻印,之后他不会想起来,但他会感觉到记忆缺失,就跟选择性失忆类似,在不久的将来他也会突然记起来,然后再次承受第一次知晓真相时的巨大痛苦。

老巴罗尔说道:"接受一次痛苦,并不难,时间会让它淡去;而无数次的重新受到痛苦的打击,这是什么也无法治愈的。"

"而且,为了保证事情的严格保密,即使你不想接受刻印也没办法,这是必须执行的。不过这样吧,我让你独自待在治疗区里,让你休息几天。毕竟短时间内重复对大脑进行激光辐射也是有损害的。"

"诺亚号",诺亚科研中心,治疗区 J20 室。

这间房子只有十几平方米,四周空荡荡的,没有任何的其他设备,唯有一台冰冷的通信机,而且这台通信机的使用还是被严格控制的。椭圆形的舱门紧闭着,坐在病床上的尼克望着窗外缓慢旋转的星空。与其说星空在旋转,倒不如说是"诺亚号"的大圆盘为了维持 $1g$ 的重力加速度而匀速旋转着。

而尼克感觉自己就像这个大圆盘一样,周而复始的,他甚至怀疑自己已经接受了好多次这样的记忆刻印了,只不过这些已经被永久修改了，而使得他现在只记起来这一次的遭遇。

他的内心变得矛盾，他为末日在不久之后的到来感到绝望，又感到老天的不公，记忆刻印对其他人来说是完全可以进行的，这样便意味着别人即使发现了事实，也可以通过所谓"精神治疗"，过上正常的生活，即便末日要来了，也能和平常一样，甚至比平常过得更加开心充实，毕竟所谓的行星生活要来临了，漂泊的旅程终于要结束了。

他突然又觉得可笑："生活在这片虚假中，又有什么意思……可是，凭什么会是这样……原本，我可以和莉莉娅过上美好生活的啊，为什么要让我知道真相，为什么我不能忘掉这一切啊，该死的！"

他蜷缩在床上痛苦地哭着。

就这样，尼克在治疗室中度过了四天。

诺亚科研中心，巴罗尔的高层办公室。

此时，巴罗尔正在着手解决一个棘手的问题，有些在无意间发现真相的人，他们在被送去做精神治疗时，他们的朋友对此进行询问，但科研中心的人无法对此做出令人信服的回应，只能强行带走他们。有少数人坚持要得到最真诚的回复，但此事可能会引起更多的怀疑。

"把那些人抓进牢里？不行，这会引发更大的争端；把那些产生怀疑的人请进来，进行记忆抹除？也不行，万一其他人产生了怀疑……"

"见鬼,要赶在舆论产生之前将这件事消灭。"

此时,巴罗尔面前半透明屏幕上的消息框开始闪动,巴罗尔不耐烦地点开。

"说吧,尼克。"

"老先生,我知道你现在的处境。"

"哦?说来听听。"巴罗尔产生了一丝好奇,但是又不太想认真地理会他,巴罗尔只是想让大脑休息一下而已。

"如果我没猜错的话,"尼克神情坚毅,一改之前的懦弱形象,这让巴罗尔眼前一亮,"您现在正在慢慢地,接二连三地遇到麻烦。那些进行记忆刻印的人,或许不止我一个,那么,即便是极少数人,他们中的三两亲友也会对那些接受过治疗的人感到奇怪,从而进行一系列的猜想,然后要求您对此做出解释。而真正能令人信服的解释却是难以做到的……"

"等等!"巴罗尔眉头紧皱,打断了尼克的话,"你是怎么知道的?"

"哈,因为啊,因为我之前和一个女孩相爱了,"尼克苦笑着,"她一定会担心我的,一定会过来科研中心,隔三岔五地打听我的消息,即使你们给予的理由看起来多么恰当。"

巴罗尔说:"嗯,确实如此。当时,我让你待在治疗区时,就派人跟那女孩说,尼克被诊断出患有奇怪的病症,需要治疗。"尼克接着巴罗尔的话说下去:"那么她,与我心有灵犀的她就会奇怪,为什么这么多天了我都不打电话给她,她一定很想看看我。而每次过来都被你们拒绝了。"

"你说得对,其他的几个人出现的问题也是类似的,这一系列的麻烦使我这几天非常烦躁,难道事情要暴露了吗?"巴罗尔严肃地望着身前的水墨字画,那幅画上写着"赠與人類以希望"。

"是的,可能终究会被暴露的,但是,我可以帮你解决,要不要执行就随你了。"

"你说吧。"老巴罗尔觉得面前的年轻人就像当年的自己一样,不由得感到欣慰。

"仔细听着,巴罗尔,"这是尼克第一次这么直接称呼这位老科学家,"我知道,你们拥有一种比较久远的技术,它可以麻痹人类的大脑,从而使人暂时失去情感。"

"是的,这是很久以前相当粗暴的科技。当年在发现'诺亚号'上的人类普遍患有微抑郁症后,为了让军人们的心理不受影响,我们设计了一项脑神经技术,它将人类大脑进行刻印,可让军人们暂时失去情感,继续充满斗志,以防范以后可能出现的文明间的战争。这项技术被称为'战斗印记'。之后,虽然在几十年前成功地研制出了这种技术,但是如你所知,这项技术完全派不上用场。唉,要是真的能遇到异种文明,能找到宜居星球,即便是战死,也能让我死得其所啊。"

"巴罗尔,这一次,你们的'战斗印记'可以发挥作用了。"尼克瞪着眼看着他。巴罗尔看见尼克的双眼布满血丝,想象着尼克已经为此进行了长时间的挣扎和思考。

"你知道,我是一个有问题的人,我无法真正地抹除记忆,我为此痛苦了好几天。但是我现在想清楚了，巴罗尔。"尼克说道，"给我一个权力，让我进行一次广播和对全诺亚人类的记忆刻印许可权。我将对全舰进行广播，从某日起，所有人都要进行身体上的基因检测，当第一批人、第二批人，进行检测后，他们不会发现什么不同的地方。因为我只是将他们大脑中有关整个明朗星的事件，以及对宇宙的视觉记忆和视觉能力进行改变。剩下的一些人，在前几批人将要结束基因检测时，立马将他们强制逮捕，避免他们对完成刻印的人产生影响，然后把剩下的人都进行直接的刻印，并消除他们的相关记忆。而之后，再把包括你之内的所有高层人员进行同样的刻印。在此过程中，我将会对用于改变宇宙图景的磁能防御系统进行修改，当然这也需要你们工作人员的帮忙，使失去原始相关记忆的人无法察觉到磁能防御系统的某些特殊作用。"

老巴罗尔瞪大眼睛看着他："然后在这些事情进行之前，你……"

尼克坚定地回答他："没错，在这件事进行之前，先让我的大脑打上'战斗印记'。"

"永久生效的印记。"

此刻，尼克在老巴罗尔面前就像伟大的救世主一般："让我来为你们保守这个真相，让我来为你们盖上尘土！"

5. 为你盖上尘土

6月30日 PM 22:00。

莉莉娅待在房间里,抱着大泰迪熊蜷缩在被窝里。最近这半个月,她过得很不安心,心爱的男人尼克在接受治疗后就杳无音讯了。

"什么时候才能见面呢?尼克,我好想你啊……"说着她又哭了起来。

过了一会儿,床头柜上的通信机亮了起来,投影出来的显示屏上的消息框正在闪烁着。

莉莉娅擦了擦眼泪,从被窝里伸出手点了一下屏幕。

"尼克!"莉莉娅惊喜地尖叫了起来。

"莉莉娅……"屏幕前的尼克表情冰冷,显得十分反常。

"尼克你怎么了,他们对你怎么了?快说啊!"莉莉娅眼泪直流,双手紧紧地抱着大泰迪熊。

"没有,"尼克望着她,眼神充满怜悯,"我只想说,我们分手吧!"

莉莉娅的心立刻跌入了冰点。

"为……为什么?……是我对你还不够好吗?"莉莉娅啜泣着。

"没有,我只是厌烦了,就这样吧,永别了。"3D 的投影屏"哗"的一声关闭了。

四周突然变得静悄悄的,莉莉娅发呆了一阵子后,便倒在床上,不停地哭泣……

6. 尾 声

静谧的落日

令人神往

芸芸众生

任时光荏苒

希望之光,映照着山峦

当你要揭开纱帘时

我会抓住你的手,温柔地说

希望,是映在纱帘上的光芒

856 年 6 月 13 日,"诺亚号",巴罗尔的高层办公室。

办公室周围陈列着一排排的书籍,墙上挂着一些艺术壁画,旁边摆放着一些真皮沙发。四处呈现出地球人类才有的古老风格,尤其正中间有一幅很显眼的水墨中文繁体字画,上面写着"赠與人類以希望",与之前不同的是,面对着舱外的墙被改造成透明的玻璃,从室内就可以观赏到外面的宇宙景色。

"咚咚。"

"请进。"巴罗尔今天刚好不怎么忙,他微笑地望着敲门的来者。

"噢,是尼克,好久不见,最近去哪儿啦?"

尼克干笑着,这是他的特点,人人都知道他面部肌肉不太发达。

"最近这段时间,我找到了另一份比以前更好的工作——磁能防御系统的调试员,我的办公室正好就在您的附近。"

"哈哈,好,我的好同事!"巴罗尔拉着尼克,走到透明的玻璃面前。

"让我们一起庆贺,诺亚人类的希望和未来!"他们俩高举着双手欢呼。

在这片透明玻璃前,一颗浅蓝色行星正绕着另一颗红色恒星缓缓地划过。

深空死局

人莫予毒

文／异议

序 谜团

一艘白色的小型飞船在静谧之中航行,它与漆黑背景下的星空形成一幅定格画面。

这艘飞船前端是一个银弧半球形的驾驶舱,透过玻璃窗可以看到驾驶座上虚坐着一个人,他的身体在半空中漂浮,从衣物里露出的包括头颅和四肢的皮肤在无菌环境下竟腐烂得不成样。

看来他已经死去很长一段时间。

在尸体衣服的胸口处还有一块暗银色的金属牌。这块金属牌锈蚀严重,只能勉强在其右半部看到残缺不全的字形——可以勉强推断出"A-0664"这串数字。

寂静的深空,无人驾驶的飞船,与腐烂的尸体,弥漫出一种像烧焦味般的诡异气息。

在这个奇怪的驾驶舱里有一面舱门,舱门圆窗里在不断地逆时针旋转,这里是一个绕轴旋转着的房间,正保持着房间地板 $1g$ 的加速度。地板上躺着一个昏迷不醒的人,隐约能听到房间里反复地播放着电子合成音。

1. 丢失

在一片漆黑中,时钟的秒针回响着滴答声。

不知过了多久,一个女子的声音渐渐浮现,这个声音在不停地呼唤他。

"波罗斯,是你吗?醒醒。"

"波罗斯,醒醒。"

当眼前的漆黑开始明亮时,他所听到的女声逐渐变成了电子合成音——来自电脑的拟人化女声。与此同时,脑海中的时钟滴答声也消失了。

他感到阵阵头痛。

环顾四周,这是白色弧形墙围成的一个小空间,而电子女声是从上方发出来的,似乎这个声音已经响了很久。

"我这是在哪儿?"他边问边低头看,身上穿着一件灰色太空军服,左胸处有一块银色金属牌,上面写着"波罗斯 C-0650"的编号。

电子女声不急不慢地说:"这里是瓦伦号小型运输飞船,我是人工智能导航顾问,我叫玛丽。你曾处于长期的冷冻休眠中,已在20小时前解除冷冻,现在被唤醒以执行'维护系统'

的任务。"

玛丽从他的沉默中察觉到他的困惑，于是继续解释说："很久以前，你曾于公历 3080 年搭乘瓦伦号运载飞船从太阳系出发，前往塔尔星球，航行时间预计为 695 年……"

"等等！塔尔星球？"

突然之间，他翻滚的脑海里逐渐回忆起很多事情。

原来，他是隶属于瓦伦皇室太空军校的一名上尉，全名叫邓肯·波罗斯。经历过各类太空战役的他在 3080 年接受上级指派的特殊任务——从地球的太空基地运送一批秘密物资，前往塔尔星球。塔尔星球是一颗拥有大量重金属资源的岩石星球，如今已是世界各国各集团所垂涎的存在。

经数据分析得知，这段航行需要花费 695 年的时间。由于航行时间相比一个人的寿命来说要长得多，他只能选择由瓦伦皇室提供的冷冻休眠技术用于航行，并在必要时解冻苏醒，进行飞船维护工作。

但现在他仍想不起来一些事情，包括这个自称玛丽的人工智能和这艘飞船。

此时玛丽还在滔滔不绝地说明着。

"……瓦伦皇室将以你为骄傲，波罗斯上尉。"在回忆中走神的他这才听到说明完毕的电子女声。

"现在已经航行多久？"

"请你自行在驾驶舱的控制系统查看。"

他站了起来,感觉右腿腿部有一点酸痛。他看了看自己的腿,发现裤子小腿部有个破洞,破洞处的皮肤还有一个伤疤。

但他对此什么也想不起来。

他开始四处观察,发现这个白色空间的墙壁三面有窗,一面是紧闭的舱门,他走向窗边。看到窗外缓慢移动着的点点繁星。

"我为什么会想不起来一些事情?"

"这很正常,人的大脑结构十分复杂,这使得人体冷冻技术具有一定缺陷,即便解冻苏醒过程很成功,还是会不可避免的丢失近期记忆,这些记忆可以通过治疗来恢复,不过目前不必担心,你只需定期苏醒进行飞船维护就行,在到达塔尔星球后再恢复即可。"

"这感觉很糟糕,我想现在就恢复。"

"我不建议你这么做,因为进行多次恢复治疗会让你的大脑发生不可逆转的损伤,而且这些近期记忆对于航行来说并没有帮助,你可以等到达目的地时再进行恢复。"

"好吧,现在我的任务只是到驾驶舱做系统维护是吧?"

"是的。"

他在环视空无一物的房间后,走向舱门,他透过舱门的小窗,看到旋转的驾驶舱里,有一个身影飘浮在左侧座位上,他定睛一看才发现 —— 这是一具船员的尸体!

"喂喂……这可不妙。"他浑身冒着冷汗。

"玛丽,驾驶位上的人是谁?他怎么死在这儿的?"

"你指的什么?"

"这个,驾驶舱,里面有一具人的尸体,他是谁?"

"波罗斯,我不明白你在说什么……"

事情变得越来越蹊跷。

只能亲自进去调查了,他想。

2. 异 样

他缓缓打开舱门,而此时在他视角里,一直在不快不慢地旋转着的驾驶舱也很快停了下来——其实是白色房间停止了转动。进入这个控制飞船的驾驶舱后,他看到尸体前的大屏幕还在缓慢跳动着数值,处于自动航行的状态。

他慢慢地飘到这具尸体的面前,尽管有了心理准备,他还是被吓出一身汗,心脏猛跳。

"到底是怎么回事?!"

尸体的脸和身体腐烂得面目全非,以至于他不敢细看。于是转而观察尸体衣物,试图找出什么线索,尸体上穿着灰色的太空军服,除了身上的编号牌,并没有其他物品。而且编号牌上的名字等信息已被锈蚀掉,他只能勉强认出"0664"的字样。

他陷入了一种未知恐惧,但身为老练的宇航员,他还是很快缓了过来。他转身望向大屏幕,尝试搜索相关的信息。

航行速度,雷达探测,船身温度……找到了,船内成员记录。

在一系列操作后,大屏幕上弹出的却是一大堆占满了屏幕的加密字符,而在这些整齐划一的加密字符之中,赫然显示着唯一可见的一行文字:

"瓦伦号-飞船成员-波罗斯上尉-(身份编号/加密)。"

波罗斯开始暴躁起来——封闭的空间,不知名的尸体,丢失的记忆,逐渐将他逼入恐惧空间的死角。

"这家伙到底是谁?"

"波罗斯,我不明白你在说什么。"玛丽僵硬地回答着。

他只能不停地在系统中搜索着,他发现不仅如此,连航行记录,监控记录,飞船结构等等重要的部分也一并丢失。

这艘飞船已经航行了多久也无从得知!

"玛丽!"

"波罗斯,有什么需要帮忙?"

"帮我恢复记忆!"

"我不建议你这么做,因为多次的恢复训练会让你的记忆发生不可逆转的混乱,而且这些近期记忆对于航行来说并没有帮助,你可以等到达目的地时……"

"好了!够了!我需要记忆!不然我会疯掉的!"

"请稳定你的情绪,否则不利于长途航行。请你移步到医疗舱进行记忆恢复治疗。"

"好……医疗舱在哪?"他扶着额头,忽然感觉这不过是一场噩梦,只要醒来,自己就会躺在瓦伦军官酒店里舒适的床上,眼睛也会被透过窗户的令人惬意的阳光照得难以睁开。

"波罗斯,我不明白你在说什么。"

这句话将沉浸在过去的他拉回了现实。

他这才想起,刚刚在搜索系统时,发现连飞船结构的信息也早被删除了。

"这艘船到底经历了什么,其他船员都不在,甚至连我的记忆里也没有他们……"他走向驾驶舱右侧的玻璃窗,看着玻璃上自己的模样:棕色的卷发,蓝色的眼睛,眼角的皱纹,直挺挺的鼻子,满脸的胡子。一个中年人,满脸的焦虑不安。

他叹了一口气,有些后悔当初接下这个任务,运送一堆不知道什么鬼的叫作秘密物资的东西。

突然,他像触了电一般想起什么,快速奔向那具尸体,他的心跳加速,喘着大气。

他瞪着尸体的头部,尽管极度腐烂,但还是能勉强认出这张脸,棕色的脏乱卷发,蓝白色的眼珠,除了看起来较年轻之外……

不,这具尸体就是年轻了一点的自己。

"天哪……"

这个可怕的发现让他差点吓晕过去，恢复记忆的想法变得极度强烈，因为只有让自己恢复才能了解真相。

顾不上恐惧，他赶忙回到之前的白色房间并关上驾驶舱舱门，而白色房间也绕着飞船中心轴，开始不快不慢地旋转起来，由此带来的离心力让他差点摔在地板上。

他咽了咽口水，企图通过自言自语来稳定情绪。

"照理说……这艘飞船既然有医疗舱，那就说明这个房间还有通往别处的通道。"

当他再次环视这个白色房间时，看到的依旧是三扇圆窗和一扇舱门。

他开始仔细搜索起来，即使这只是一个空无一物的房间。

"波罗斯，需要我帮什么忙吗？"人工智能发现他的行为有点奇怪。

"不。"

墙上没有所谓的隐形开关，天花板上的传话器也没什么玄机。但这说不通，如果没有通往其他舱的通道，而且也没有飞船出口，那我是如何进入这艘飞船呢？他如此想道。

最终，搜寻无果。

身心俱疲的他摸索着地板，然后在尽量远离驾驶舱的地方缓缓地躺下，仿佛远离那里就能减轻内心的恐惧。

过了一会儿，他无力地望向窗户外缓缓移动的星空。在飞船右翼的窗户里，星星朝上走；在左翼的窗户里，星星朝下走。

其实不是星星在移动，而是所处的房间在旋转。参照星星的移动方向，房间旋转就是顺时针的。

那么头顶后方的窗户中，星星应该就是逆时针旋转……

然而并不是！

他身后的圆窗里，星空的移动是顺时针的！

他猛地跳了起来，仔细地盯着这扇窗外的景象，他看到星星正违背常理地旋转着。他朝着虚假的景象四周搜寻，发现位于上方的星空反而是逆时针旋转！这个相反的景象与原来的景象相接，中间有一条明显的分界线，星空中的星星落在这条分界线上会消失，然后在对应的地方出现，再继续旋转！这只能说明这扇圆窗外有镜子照出镜像，不止一面镜子！而这么做无非是为了掩人耳目！

"玛丽，帮我打开我面前这扇窗户。"

"波罗斯，若非紧急情况，我不能打开舱窗，这会让舱内空气泄露到真空中。"

"如果遭遇紧急情况需要由我打开这扇窗，我该怎么做？"

"双手分别握住窗户两侧的应急阀，同时扳开并输入应急编码就能打开它。"

他开始照做。此时玛丽开始发出警告并使用警铃，红色的光线不停地扫射整个房间。但他毫不搭理，用力地扳开应急阀，输入编码，然后掀开厚重的圆窗。

并没有空气泄露。

果然，这后面有隐藏通道。

他爬入洞口，翻进漆黑的房间里面。

"啊！！"

在从窗口跳进房间里落到地面时，他的右小腿被不明的锐利金属条扎了进去，他能感受到刺骨的疼痛及流出来的滚烫鲜血。

而随着红色光线不断的扫进这个通道房间里，他看到制造假象者的真面目——呈直角摆放的两面镜子，一面在飞船内，一面在飞船外，中间由一大片厚玻璃隔着。正是通过这个装置将飞船前方的星空折射进白色房间内，让人误以为这只是一扇窗户而不是通道，不仔细观察是很难发现的。

此时警报也停了下来，四周又恢复安静和漆黑。

此时，通道房间的灯光自动打开了。

"欢迎，波罗斯。"人工智能玛丽说。

3. 假 象

他顾不上疼痛，把小腿从金属条处拔了出来。

他没有，也无法注意到，这根金属条在此之前已经沾满血渍。

"该死的……"

作为飞船导航顾问,玛丽的前后变化让他发现很多疑点。这个通道房间明显是给波罗斯作为秘密通道用的,障眼的装置以及玛丽提供伪装信息导致普通人很难发现它。而它除了通往医疗舱之外,势必会通往货仓等其他舱房。问题在于将这些部分隐藏起来有何意义?同时,那名死在驾驶舱,跟自己长得一模一样,且更加年轻的人会不会与这个疑点相关?

但现在情绪非常不稳定的他不敢去多想,他认定只要进行治疗,恢复记忆以后就可以明白,毕竟现在他只是一个对这艘飞船记忆全无的人。

在灯光下,可以看到通道房间的宽度与白色房间一致,而深度大致是白色房间的2倍大小。由于这个房间也在同步旋转,使得两个房间之间并没有什么重力差别。

通道房间的房顶直到两侧的部分都是厚玻璃围起来的,而地板两侧规则地布置着一些用途不明的机械装置,刚才扎到他右腿的金属条也是这些装置的一部分。

他看到通道房间里还有一个舱门,于是一瘸一拐地走了过去并打开它。

想必这里就是治疗舱了。这个房间左侧是一张铺着白布的床,旁边还有一些仪器,房间右侧有一个白色凹槽,周围摆放着一些发出气泡声的液体储罐。

"玛丽,我在治疗舱了,现在要怎么做?"

"请你先躺进治疗池中。"

他躺进那个凹槽后,凹槽一侧的玻璃板自动将池子合上,池子里的机械臂夹住他的头部,同时不明液体填充着整个空间——治疗开始了。

泡在液体中,他感觉自己受伤的小腿酥痒起来。治疗起作用了,他安心地闭上了眼睛。

大概半小时后,治疗结束。他醒了过来,发现池子的水连带他身上沾的水也排干了。

但是。

他还是没有想起任何关于这艘飞船存在的记忆。

他似乎明白了自己的身份。

他头脑一片空白,缓缓地起身继续往前走,治疗舱中还有一扇关闭的舱门,他打开它并走了进去。

这里的震撼景象证实了他的猜想。

这个大厅里放着数不清的冷冻舱,每个冷冻舱里都装着人体。

"我的天……"

他顾不上刚刚治疗好的右腿,小跑了起来,他在奔跑中看到可怕的景象,每一个冷冻舱中的人都长得一模一样。

当然也跟他长得一模一样。

克隆人。

这是所有存在于此的人的共同名字。

"我的天!"

如果他没有看到这个景象,或许他还能对自己解释说,死在驾驶舱的那个人是他的双胞胎兄弟,而自己恢复不了记忆是因为机器故障。

而现在完全没有退路,他和这里上百个冷冻人一样,他们就是克隆人。也就是说,他们脑子里记忆的关于自己从小到大的成长,加入皇室军队,参加的无数场死里逃生的战役……所有的存在于脑海里的过去,全都是不存在的。他们只是无数个真正的波罗斯上尉的复制品,仅此而已。

他还在奔跑,像疯了一般越跑越快。

终于,他跑到了这个大房间的终点,这里还有一扇舱门,这里的房间又和什么有关?

秘密物资的输送任务。

他现在只能想到这个词。制造这么多克隆人的目的究竟是什么,也只能通过这个线索来得到答案了。

进入房间,他发现这里也放着一个冷冻舱,冷冻舱旁边摆放着电脑及各种设备。

他浑身冒着冷汗,精神已经近乎崩溃,但还是熟练地操作电脑,并很快发现一个加密文件。

他思索着,在虚假的记忆里面搜索,然后输入密码,解密成功。果然,是以前波罗斯常用的一个密码。

这是一段拍摄于3080年的视频,视频中的人是波罗斯,一个年轻的面貌。

"祝贺你的苏醒,我是3080年在地球上的你。一切顺利的话,现在应该已经过去695年了吧。"

他望向旁边冷冻舱里的人体,金色的卷发,紧闭的双眼,脸上布满皱纹。这个人应该就是波罗斯本人。而这段视频是给经过695年航行时间后——也就是到达塔尔星球后的波罗斯看的。而由于系统故障,现在距离起航已经过去多久也无从得知。

他强忍住内心的愤恨,继续看下去。

"现在你需要做的第一件事情就是冷静下来,耐心看完我的说明。"

视频中的人谈到了地球、瓦伦皇室的上尉、太空基地、瓦伦号、冷冻航行失忆、运输一份特殊的秘密物资等。

关键就在这里了,他赶紧点下暂停键,视频中的人定格住了。

他深吸了一口气。空气中的每一秒都变得如此凝重,可以听到大冷冻舱里传来了视频暂停前的回音。

他点下了"继续"。

"波罗斯。"

"你就是这份秘密物资。"

这句话在他耳朵里有着刺耳的诡异感。

"我们执行的任务表面上是一份运输物资的工作,实际上是一项关乎我们瓦伦皇室集团核心利益的重要实验。"

"塔尔星球是一颗矿产资源丰富的星球,这里的一切,地球上的每个国家和集团都在想方设法夺取,我们预见到这个星球将会引发人类的争夺,而最有力的武器就是军事实力,在遥远的塔尔星球上,军事人才变得格外珍贵,作为瓦伦皇室所认可的我们当然义不容辞地踏上了征程。

"但问题是,人类的寿命太短暂了。即便是人工智能所控制的星际飞船,按正常方法,我们也得依靠自己轮流冷冻和苏醒来定期检修系统。这样等到达塔尔星球,我们早已损失大半的人。

"瓦伦皇室需要进行一项实验,一项能解决人体长期航行问题的实验:利用克隆人。

"让大量克隆人进行轮流冷冻和苏醒,而本体长时间冷冻直到航行结束。这些克隆人拥有你过去人生里一些必要的记忆片段,他们都会误以为自己是唯一的你,只是暂时醒过来执行系统检修任务而已。而且你完全不用担心克隆人对你的威胁,因为他们所能活动的只有两个舱,驾驶舱和缓冲舱,所有的克隆人在需要被解冻时,由人工智能运送到缓冲舱进行唤醒。然后当他们在驾驶舱完成检修任务后,人工智能会把他们电晕,再重新放回冷冻舱。由于冷冻失忆,他们的记忆将被一直重置。

"更加两全其美的是,这些克隆人在寿命到期后会被加工成营养液,不用担心续航……"

"够了!"他气愤地关掉了电脑。

这就是真相,以克隆人作为牺牲品的航行实验,并将拥有丰富作战经验的波罗斯上尉运往塔尔星球。

这完全不公平,他悲愤而绝望的这样想着。

然后,下一秒。

几乎陷入疯狂的他想出了可怕的计划。

他重新启动电脑,通过这台电脑控制了人工智能玛丽,删除了他自苏醒以来的所有记录,并对玛丽编造假的克隆人解冻信息。再将玛丽设定在 20 分钟后重启,在重启后将飞船外表的一切恢复成原样。

接着他将在这 20 分钟内,将冷冻舱里的波罗斯搬到缓冲舱,然后返回本体的冷冻舱,将自己冷冻起来……

"现在,你和我不过是一样的人,波罗斯。"

他将昏迷不醒的波罗斯丢在他原本所在的白色房间里,也就是缓冲舱中。

接着他返回到本体的舱房。

此时,他躺在正在启动的冷冻舱中,眼中带着空洞和冷血。

"冷冻会让人丢失短期的记忆,我没有真正的过去,自然无法恢复记忆。你的过去我都在这个电脑里看得一清二楚。现在,躺在这里的我就是货真价实的波罗斯,一名加入保卫瓦伦皇室荣誉的上尉。而你……"

此时冷冻液开始将舱室填满,液体没过了他的身体和头。

"你就是被蒙在鼓里的克隆人。"他在心里说道。

此时，现实与脑中的复仇浪涌已经平息，浸泡在冷冻液中的他听到了时钟秒针的回响，他顺着发出声音的方向望去，在舱窗旁挂着一副时钟——来自地球的时钟，指向哪里也毫无意义的时钟。

他缓缓闭上眼睛，只剩下漆黑中的时钟滴答声。

不久，飞船终于又恢复了往常宁静，它的整体与星空形成了协调的画面。

……

驾驶舱里漂浮着被世人遗忘的腐烂尸体，而造成这个景象的原因永远也无人知晓。

白色舱体里躺着一名昏迷者，他冰冷的脸上结着霜，而墙壁缝里正喷出暖气。

穿过白色房间后方圆窗上的玻璃，这里是放着两面镜子及一套机械设备的通道，而镜子下方的金属条状物上沾染了鲜血，这抹鲜血将在灯光熄灭后的漆黑中凝结。

接着是放置着大量人体冷冻舱的大厅。

最后是飞船尾部的一个小房间，房间的正中央是一个紧闭着的冷冻舱——这份逐渐冰冷的液体中躺着一个人，一个脸庞越来越苍老的人。

"冷冻即将完成。"

"本体编号：波罗斯 A-0664。正在最终确认。"

"跳过确认程序。"

"冷冻成功。"

飞船的一切真相尚未完全揭开,就再次于冷冻中掩埋。

这场无解的死局仍在深空中持续着,直至死亡尽头。

版权专有 侵权必究

图书在版编目（CIP）数据

深空死局 / 王晋康等著. —北京：北京理工大学出版社，2020.7
（科幻硬阅读．星际远行）
ISBN 978-7-5682-8441-7

Ⅰ．①深… Ⅱ．①王… Ⅲ．①幻想小说 - 小说集 - 中国 - 当代 Ⅳ．① I247.7

中国版本图书馆 CIP 数据核字（2020）第 078667 号

出版发行 / 北京理工大学出版社有限责任公司
社　　址 / 北京市海淀区中关村南大街 5 号
邮　　编 / 100081
电　　话 /（010）68914775（总编室）
　　　　　（010）82562903（教材售后服务热线）
　　　　　（010）68948351（其他图书服务热线）
网　　址 / http:// www.bitpress.com.cn
经　　销 / 全国各地新华书店
印　　刷 / 三河市华骏印务包装有限公司
开　　本 / 880 毫米 ×1230 毫米　1/32
印　　张 / 9.625　　　　　　　　　　　　　　责任编辑 / 刘汉华
字　　数 / 185 千字　　　　　　　　　　　　　文案编辑 / 刘汉华
版　　次 / 2020 年 7 月第 1 版　2020 年 7 月第 1 次印刷　责任校对 / 杜　枝
定　　价 / 39.80 元　　　　　　　　　　　　　责任印制 / 施胜娟

图书出现印刷质量问题，请拨打售后服务热线，本社负责调换科幻不是目的，思考才是根本。
科幻小说是献给那些聪明的头脑和有趣的灵魂的一份礼物。
喜欢科幻的书友请加科幻 QQ 一群：168229942，QQ 二群：26926067。